司馬中原　著

獾之獵

目錄

獾之獵

黃河改道近千年了，但它的舊道仍然留在那裡；從大片含金的黃色沙土，可以想像到當年水流的急速，和波濤洶湧的情景。那些流沙，有的散佈成綿延數十里、寸草不生的沙窩子，有的積成若干圓頂沙丘，在河身與河岸之間，一些沙岩壁立著，仍保留無數凸凹不平的、橫向的水齒，所不同的，那卻是無水的旱河罷了。

隨著時間的輾轉，這些遠方流來的砂土，在風吹雨潤之下，逐漸和當地的土質滲合，衍化成新的沃土；樹木、野草、蘆葦、灌木叢和各種藤莽，都紛紛茁長起來，遮地的遮地，成蔭的成蔭。

河雖不再是河了，而古老的地名經過若干代，都還絲毫沒有更改，比如姚家渡口，仍然叫姚家渡口；實際上，它已不是行船過渡的地方，而是沙窩子邊緣的一個繁盛的鎮市了。由於附近的土質肥沃，特別適於種作一些沙土作物，像著名的淮山藥、藥用的何首烏、落花生、大豆、玉蜀黍和高粱，姚家渡便成爲這些農作物集散的地方。

單是這樣，還不是姚家渡繁榮的主因，最主要的，是這裡盛產許多很值價的獵物，像黃鼠狼、野兔、狗獾子、野雉之類的，一到秋冬獵季，吸引了數以百計的外地獵戶和更多待在產地，等著收取獵物或皮毛的商客，因此，姚家渡口的客棧、酒舖和賭場的生意，便顯得發旺了。

當地的農戶人家，依照傳統的觀念，認爲打獵喪生，有損陰德，不是正經行業，很少

有人願意抓起獵銃獵殺那些野物的，但他們也被一兩種討厭的獵物困擾著，那就是黃鼠狼和狗貛子。一般說來，黃鼠狼生性狡黠，但牠只喜歡偷取農家飼養的雞鴨，還不至於損害農作，而狗貛子這種玩意，爲害可就更大了。狗貛子，又有人稱牠爲野貛狗，牠的形狀很像狗，四條腿比狗粗短一大截，兩耳略小，尖刀似的直豎著，發怒時，露出白爍爍的野性的牙齒，發出低沉粗啞的咆哮聲，看上去比狗兇惡得多。

這些狗貛子，利用牠們的尖嘴利爪，到處打洞挖窟；旱河心，沙塹壁上，沙丘頂上，田埂邊，蘆葦叢裡，無處不是大大小小的窟窿。牠們的胃口奇大，幾乎是攫著什麼就吃什麼。有時，牠們是狡獪的偷兒；有時變爲蠻不講理的強盜，不但吃，還要發洩性的胡亂糟蹋，用尖嘴像犁頭一般的，把整片稼禾耕倒，逼得一向忠厚的農戶不得不設法驅捕牠們，以保護田地和農作。

但那是沒有用的；農戶們沒有那許多餘閒來對付貛狗。牠們是一族神秘的地下穴居動物，毫不畏懼農戶的獵捕，只要一頭鑽進任何一處洞穴，牠們就可以從容的任意遁走。據說：狗貛子所打的洞，洞洞相接，穴穴相連，密如蛛網，縱橫交叉，比人在地面上踩出來的路還多。

有人在追捕貛狗時試驗過，牠即使臨時打洞逃生，牠挖洞的速度，要快過三把鐵鍬挖土。一群人用鐵鍬緊跟著牠挖土，越挖越深，那洞穴仍然沒有完，農戶們挖得筋疲力竭，仍然追不上牠，只有放棄了事。

農戶們既無法對付獾狗，當然很樂意見到外地的獵手們到姚家渡口來了，尤其是那些對於獵獾具有特殊經驗的職業性好手，更爲他們所歡迎。

在許多獵手裡面，姚家渡口的人，誰都知道年輕的趙永安和臉色黝黑的李吉，是兩個最出色的獵獾者。這兩個單身的流浪漢，總在交冬的時刻，騎著牲口，帶著獵槍、彈藥，和簡單的行李捲兒到鎮上來，投宿在孫老寡婦開設的客棧裡，等著獵獾。

趙永安是渡口南不遠的趙家集人，世代行獵，他父親趙隆昌，獵了一輩子獾，死在他手裡的野獾狗，數以千計。趙永安自十歲起，就跟隨他爹到姚家渡來獵獾，對於這一帶的地形、地勢、獾群分佈情形和習性，瞭如指掌，他久經鍛鍊的槍法，更有出神的準頭。

比較起來，李吉就要粗魯放蕩得多了。

李吉和許多光棍獵手一樣，過慣了飄流的生活，沒家沒口，無牽無掛，賭博、酗酒和嫖妓，幹什麼都帶著自嘲自謔的味道。論起獵獾來，當初他跟隨趙隆昌當過夥計，後來變成獵獾隊裡最得力的助手，他的經驗和槍法並不輸於趙永安，只是沒有趙永安那樣認真罷了！

儘管每年都有不少的獵戶到姚家渡口來，千方百計的獵取野獾狗，但獵到翌年的開

春，他們所得野貛的數目，卻並不太多。這是因爲貛狗太機伶狡獪，具有飛速入地打穴的本領，太難獵捕的緣故。

野貛的生殖力極爲旺盛，每年生產小貛的數目，遠超過被獵殺的數目，所以沙窩子一帶的貛患，愈來愈嚴重了！牠們在春、夏、秋三季，因爲野地上灌木叢生，田間生長著稼禾，便多遠離村落，在曠野上活動，但季候轉冬，天寒地凍，晚秋莊稼都收成入甕了，野貛群爲了飢餓覓食，便逐漸移向有人居住的地方來了。

無論地層下面，有多少隻野貛居住著，在白天，人們卻難看見一隻出洞的貛子在地面上活動，只能依據許多新的洞穴的出現，判斷出牠們向村落移動。農戶們當然是防範著的，但對於貛群的侵擾，一般的防範，可說是毫無作用。有些人家豎木柵，壘磚牆，野貛會從牆角下掏洞進去，前後花不到一袋煙的工夫。甚至在住宅裡，門關上，窗閉上，野貛也會趁人入睡時打洞進屋，掀開甕蓋，打開菜櫥，不管是生冷或是熱食，都會被牠們吃光。

「這些貛狗，越鬧膽子越大，簡直是無法無天了！」東邊魏家沙莊的魏老爹，騎著驢子，到鎮上來買火藥，在孫老寡婦客棧裡，跟人發起牢騷來說：「牠們一個個都是土行孫（封神榜中的人物，善遁法。），無孔不入，天還沒到交冬呢，我的宅子全給牠們刨空啦！夜晚上床，耳朵一貼枕，就聽見牠們在我床肚底下打穴的聲音，害得人連睡覺都睡不安穩！」

一提到野獾爲患的事，鄉下來趕集的，就都七嘴八舌的訴起苦來。

「那些天殺的獾狗！」李莊的紅眼李大娘說：「前夜打洞進屋，蹲在我的鍋台上啃烙餅，七塊烙餅，被一隻白毛獾子啃得精光！」

「最怕的就是糧種了！」一個矮老頭兒說：「我把高粱和玉蜀黍的種子，都高吊在橫樑上，野獾在地下搆不著，竟然成群結隊的踐踏我的屋脊蓋，把屋脊掏了一個大洞，啣走一串玉蜀黍種子，你們說，牠們不是比強盜還兇嗎?!……缺了糧種，明年怎麼點種莊稼？」

「趙永安和李吉他們就快來了！」李大娘說：「獵手們一下鄉，雖說一時獵不盡這些野畜牲，至少也會逼得牠們輕易不敢出洞，略微收斂一些吧！」

矮老頭兒聽了這話，不斷的搖著頭說：「鬧獾是一回事，獵獾又是一回事，咱們千萬不能指望那些外地的流浪漢幫上什麼忙！他們獵獾，剝獾皮，取獾油，只是爲了賺錢，供他們揮霍，咱們鬧獾患，跟他們毫無相干啦！」

「不錯，」魏老爹說：「消除野獾爲患，要靠自己是真的。不過，假如外地獵手們來了，咱們也不妨跟他們合作，請他們幫咱們拿些主意，……無論如何，他們的經驗，總是值得借重的。」

大夥兒為獵獾的事，你一言我一語的商量著，孫老寡婦坐在客堂一截櫃檯後面的高腳凳子上，板著一張多皺紋的馬臉，不聲不響的聽著。按理說，她開客棧，兼做酒館和賭坊的生意，應該巴望那些獵人早早的到鎮上來。事實上，每年冬季，她客棧裡都是生意興隆，那些外地來的客商和獵手，替她添了不少的進帳。

她不是不知道錢是好的，但她卻不喜歡眼見那些流浪漢們邪性的生活。這爿店是死鬼老孫——她習慣這樣稱呼她那死去的男人——留下來的，在當時，她和兒子金寶，要依靠著這爿店生活，晃眼二十年了。金寶的身子孱弱，卻跟那些野壯如牛的獵手們混在一道兒，學賭錢，學酗酒，學噴煙，娶了親沒到兩年，又撒手歸西，找他死鬼老子去了。

她心裡恨著這些外鄉來的流浪漢，一直認為他們帶壞了金寶，也等於害死了金寶。俗說：寡婦死獨子，沒有指望了！但，恨又怎樣呢？客棧還是開著，前面是酒舖，後屋是賭坊，她恨著的這些外鄉人，又都是她的主顧，她只能把這股恨意，埋在自己的心裡。

她記得，當年死鬼老孫還在世的時刻，客棧裡的生意，並不怎樣的好，等老孫一死，自己站上了櫃，那些流浪漢們便爭先恐後的湧進店門來了！那時金寶只有六七歲，自己還沒滿三十歲，年輕的寡婦總是惹邪的，若干的流言蜚語，不光在背後悄悄流佈，有些傢伙，滿嘴噴濺著煙味、酒味和貪婪的垂涎，即使當著自己的面，也沒曾隱諱過，誰都曾把自己當成獵物，塞進他們的背簍裡去。

這些獵手，在她眼裡，都跟野獾狗沒有兩樣，或是偷，或是搶，一心謀算著人。無論如何，她總算熬過來了，雖然有幾回，她真的鬼迷心竅似的，幾乎被他們攫住，但她卻在節骨眼兒上醒了過來。如今，她自己的瑣瑣碎碎，早都已經收拾乾淨了。上一代的老獵手們，沒有幾個再踏進店門的了，而若干年輕的漢子，眼全斜到媳婦荷花的身上啦，尤獨是那個什麼李吉和趙永安。他們是以獵獾出了名的，一顆心，果真全在野獾狗的身上嗎？她是過來人，她兩眼看人，能看進人骨縫裡去，她相信她的感覺決不會有差錯，她要把荷花牢牢的看緊，決不能讓那些流浪漢得逞，把荷花像黃鼠狼拖雞似的，從她身邊拖走。

說得自私一點，荷花一向服侍她，服侍得很好，她一年比一年老了，假如失去荷花，那她朝後的日子裡，便再沒有一點好依恃的了。……她恐懼著，厭惡著那些獵手，正像店堂裡這些農戶們恐懼和厭惡野獾狗一樣。

但冬季畢竟來了，獾患猖獗起來，獵手們又滿塞進孫老寡婦開設的客棧裡來了。小寡婦荷花的黑眼亮著，她跟做婆婆的相反；她常常踮起腳尖，引頸盼望著這個季節。偌大的客堂，垂下厚重的棉門帘兒，擋住帶著霜寒氣的尖風，屋裡一有那些野獷的漢子們在座，不用升火，整個屋子，在感覺上便立刻溫暖起來了，煙霧、酒香、闊笑，和時起時落的喧

嘩，有什麼不妥呢？跟著這些來的，是一股真正的人味，使人樂於朝前活下去，假如沒有婆婆常在一邊，用那樣防賊似的眼神死盯著人，她真願把一心的波紋漾到臉頰上來。

即使婆婆常把過去搬過來，反反覆覆的把人魘魘著，那種份量，也輕飄飄的壓不住人了。金寶有一張刀削般狹窄的三角臉，一對分散無神的眼，陷在青黑的眼窩裡，十六七歲咯血痰，臉色黃得像黃裱紙，找不出一絲血色。他媽托盡媒婆，替他物色媳婦，沒有誰願意嫁給他，真的，誰願大睜兩眼，去嫁給一個短命鬼呢？

荷花永不會忘記，她是被這個馬臉女人用銀洋買進孫家門裡來的，她的身價是十四塊銀洋，正好是一匹瘦驢的價錢。這也不能單怨老寡婦，爹原靠挑著豆腐挑子，沿村叫賣過日子，那年過西村木橋時，踩著一塊朽木板，跌下橋去斷了腿，全家生活無著，忍飢受寒，自己才被逼認著火坑跳的。

就這樣嫁過來，那個有皮沒肉的活骷髏金寶，變成了自己的丈夫；馬臉寡婦，變成了自己的婆婆；她是冷酷的鷹，自己是一隻折翼的雞雛。過去有些什麼呢？黯沉沉的屋子，一鼻孔煮藥的氣味，金寶空空洞洞的咳著，她得經常替他換痰盒子，儘管她打心眼裡厭惡那種腥氣的血痰。……從婆婆眼裡看得出來，她也沒指望金寶能長命百歲的活下去，她只要利用自己，在金寶還活著時，替他留個後嗣，但她未免過估了她的寶貝兒子，他根本不能……事實上，他已經算不得是個男人啦！

金寶在婚後並沒活多久，老寡婦抱孫子的希望當然落了空，打那時起，她便把一心的怨氣發洩在自己的頭上了。穿衣不能穿花，連沾點兒紅帶點兒綠都犯禁，哪有寡婦人家作興穿紅戴綠的?!走路得要低著頭，坐著不能抬臉看人，只能眼觀鼻，鼻觀心，要不然，就是輕佻，不正經；不論見了誰，臉上都得憂憂戚戚的像是陰天，要是泛出一絲笑意來，做婆婆的就會指責：死了丈夫，塌了天啦，虧妳還有這等的心腸？……她是覺得金寶的份量不夠重，要連那塊墓碑一起搬了來，壓在自己的身上。

那能壓得住嗎？

小寡婦荷花在人群裡來回忙碌著，既做生意，就得伺候顧客，這一點，做婆婆的沒話好說；客人要是衝著荷花說什麼，荷花也得答理人家，做婆婆的也無法不准荷花開口，除非她願意踢開財神爺，把這爿店面關掉。

「我說，荷花，瞧妳忙的！」老寡婦說了：「店裡用夥計幹什麼來的？妳在一邊歇著吧！——誰是妳娘家來的親人吶?!」

歇就歇著也是一樣，戴上眼罩的驢，仍能偷得麩粉，何況荷花是睜著兩眼的年輕女人，只是荷花並沒如做婆婆的所想的那樣貪饞罷了。反過來看，貪饞的倒是那些獵手，那些以行獵爲生的漢子，多數是光棍，遇上荷花這樣的獵物，哪有肯輕易放手的？有些人多少還礙著她的婆婆，不好喊明叫亮了，只在暗中用雙關話挑逗著她，使她還能裝聾作啞的

迴避著；有些膽子大，臉皮厚的傢伙，即使當著她婆婆的面，也硬打硬上，那副饑渴的德性，就像這季節裡的獾群一樣。

荷花不是不動心，她雖然早就背上了小寡婦的名聲，但她仍然是黃花一朵，她就是有心，也得從這群人裡仔細的挑選。如何一腳跨出孫家的門檻兒，而不讓姚家渡街坊上的人笑話，也使她困惑猶疑著，她不願被人形容成：扔開婆婆，跟野漢子捲逃的那種女人。

論起追逐，在這群漢子裡，迫得她最緊的，就是那個黑臉膛，高個子的獵獾人李吉。李吉三十六七歲了，胸肌賁張著，直能迸開緊身短襖的扣子，他的眼裡，呼吸裡，都帶著一股灼人的流火。他跟那些涎皮賴臉的獵手們不同，他的話雖然粗魯不文，但句句都是誠懇的，火熾的，燙疼人的心肺。她不能說李吉有什麼不好，但他迫得愈緊，她愈覺得有些無因無由的懼怯。

後來認真想過，也並非全無因由。她在婆婆的眼前，過慣了拘謹的日子，很難想到怎樣放開手去生活。李吉不是一個安於窩巢的人，他活得那樣恣縱而放蕩，抱起皮酒囊子，像牛飲水般的飲酒；一場酣賭，會熬紅他的兩眼；他追逐女人，如同餓獸撲食；他嘴上說是想有個家，天曉得那個重量能不能把他拴得住？繫得牢?!

除開李吉，她真正中意的，就該是年輕的趙永安了！

俊俏的眉眼，白淨的臉膛子，使趙永安在這群獷野的漢子裡面，給人與眾不同的印象。他身材雖也很碩壯，但總帶著一股沉默斯文的味道。他不喝酒，也很少坐上賭檯，閒著的時刻，不是逗弄他的獵犬，就是拉他攜帶著的胡琴，他是個正正經經的年輕的獵人。

說起來，他每年冬季都落宿在這裡，晃眼也有好些年啦。荷花納罕的是，他從來沒跟自己說過三句以上的話，有時故意從他眼前走過，他連眼皮都不抬，彷彿在他眼裡，根本沒有自己這個人似的，說來真令人傷心。

「我說荷花，叫妳歇著就好好的歇著，一個人躲在角落上，癡癡迷迷的發什麼呆?!」婆婆又在那兒咒詛了：「天生一副不打秤的賤骨頭，哪有半分像守寡的婦道人?!」

荷花被婆婆罵起來，經過李吉身邊，李吉伸腿攔住她，朝她笑著，擠眉弄眼說：「甭理會那老馬臉的嘮叨，荷花，妳年輕輕的人，幹嘛要跟她學樣兒，她那塊老荒田，沒人耕了，妳卻是一片人人樂耕的鮮土呀！」

「別這樣，李大爺。」荷花惶恐的喘息著：「你能不能讓人活得安靜點兒?!」

「當然能，」李吉說：「妳只要選個戶頭，不在孫家門裡做寡婦，她就再也管不著妳啦！」

「放開她吧，李吉。」趙永安居然在一邊說話了：「你常這樣窘她，有啥意思?」

「嘿嘿嘿……」李吉收回腿去，爆出一串野性的笑聲來：「小兄弟，真沒想到，你原來是在憐香惜玉呀?你要對她有意思，只要你點個頭，做哥哥的一定讓賢。我浪蕩半輩

子，走一步掉一個銅板，就算把她弄到手，也不會給她好日子過。你配她，連老寡婦都不敢齜齜牙！」

「算啦，你少在那兒耍嘴皮子！」趙永安臉脹得紅紅的，嗔惱的說：「我就沒見你有一天正經過。」

「世上事，都那麼認真，行嗎？」李吉忽然垂下頭，唉嘆起來：「我跟趙大叔這些年，算是學著了不少東西，……他一輩子夢想得著一張獾毯，結果仍然沒得著，病到臥床不起，昏昏糊糊的，還在喊獾毯呢，他該夠認真了吧！我常想，認真是沒好處的，我天生是貧窮打浪的命，像雞一樣——吃一爪子，刨一爪子。」

他抬起臉，望著小寡婦荷花的背影，滿臉是抓不起又捨不下的、痛苦的神情。

獵手們還沒開始下鄉，四鄉的農戶，由魏老爹帶頭，已經湧到孫老寡婦客棧裡來了。

「李兄弟和趙兄弟，你們來得正是時候，」魏老爹說：「四鄉各莊子上，獾患越鬧越兇啦，大家日夜巴望你們來，把頸子都巴瘦了。咱們早也買了火銃，添了火藥，實在也只能開銃嚇嚇那些野畜牲，到目前爲止，也沒有誰真的獵著一隻狗獾子。」

「咱們過來，原就是要獵獾的，」李吉說：「老爹，您還要咱們幹什麼呢？」

「這正是咱們要來跟你談的。」魏老爹說：「我們各莊農戶，只要保田保莊稼，你兩個最好教咱們獵獾子的方法，獵得的野獾，咱們不要，全送給你們兩個，但求一冬不鬧獾患就好了！」

「這倒是再好沒有的事了！」李吉笑笑說：「據我所知，獵獾並沒有旁的竅門兒，獾子營穴快，性狡獪多疑，俗說：野獾子出洞，一奔三里不回頭，遠看像平地飛起一縷黃煙。牠所以這樣，就是怕人發現牠是由哪個洞竄出來的。要獵獾，首先要能忍，能等，其次是槍法要準。通常講，人多，銃多，全沒有什麼用，能否獵得獾子，一夜裡，只看頭一銃能否打得中，如果頭一銃落空，其餘出洞的獾子都飛快竄回洞裡去，那夜不會再出來啦。所以我說：獵狗獾子，人越少越好，我可沒指望你們能獵得野獾送我們呢。」

「哦，原來是這樣的?!」魏老爹噓了口氣說：「李兄弟，聽你這麼說法，那?咱們算是郭呆子幫忙，越幫越忙了？」

「也不盡然，」趙永安說：「你們最好分開來獵那些野獾，東莊響銃，驚不了西莊的野獾，每一隊，總得要相隔里把路以上才好。」

「還有一點要注意的，」李吉又說：「大家都曉得，養狗可以防獾，但獵獾時，最好把狗關在屋裡，一般的看門狗，只要瞧見野獾的影子，就大聲狂叫，那不是打草驚蛇嗎？像永安帶來的獵狗，看見野獾，不聲不響，只轉動耳朵，耳尖對著野獾出現的地方，主人一看，就知道野獾來了，那才是有用處的獵獾犬呢。」

「獵獾的經驗，說來還多得很，」趙永安說：「光聽不練，總不成，大夥兒不妨先回

去，照這些簡單的方法試試看，獵著野獾，便宜點，讓咱們收購，已經夠了。」

農戶們沒想到李吉和趙永安會這樣爽快，齊聲的道謝，還問他們哪一天下鄉，趙永安告訴他們，他和李吉等著天氣轉變，天氣越寒冷，野獾群越活躍，而落雪之後獵獾，是最理想的天氣，因爲出洞的獾子，會在雪面上留下極明顯的腳爪印子。

「偷兒有句俗話，說是：偷風，偷雨，不偷雪。就是怕雪地上留下腳印來，而野獾似乎還沒有這種腦筋，這就是野獾不如人的地方。天只要一落雪，咱們準下鄉就是了！」李吉說：「咱們不敢說替農家除獾患，至少，爲咱們自己，也會盡力多打幾隻野獾的。」

聽了這話的孫老寡婦，真的眨著眼，巴望天早些落雪了！她是過來人，看得出李吉和趙永安兩個，對年輕的媳婦荷花，有多麼大的影響，單靠嘮嘮叨叨的咒詛，決無法壓平媳婦一心漾動的波紋，荷花那個小沒良心的女人，早就把可憐的死去的金寶，給忘到九霄雲外去啦！

鄉野地上，人們只禁黃花閨女跟野漢子通姦，至於寡婦偷人，冷眼旁觀的，都拿當一場笑話看。做婆婆的再約束她，也不能拿刀殺了她，拿繩勒死她，看來只有一意嚴防，不給她那種機會了！

她開了多年的客棧，曉得這些獵戶們的心性，先是誘著荷花，騙著荷花，萬一誘騙不到手，他們來硬的，動手搶人，按照當地老習慣，搶寡婦回去成家是不犯法的，有許多人還笑說那是功德無量的事情呢！荷花這個小騷蹄子，她會不明白這個？也許她內心裡，正恨著沒人來搶她呢！……十四塊銀洋買來的媳婦，白吃白喝養她好幾年，眼看就要白貼出去，讓行獵傷生的流浪漢揀得這種現成的便宜，一想到這兒，她就牙根發癢。

「這些饞狼餓虎，早點死走了，就好了！」

而天氣竟然一直暖洋洋的，像十月小陽春還沒過完似的，除了朝來一層薄薄的霜，略顯冬意外，白天裡，風和日麗，倒像是早來的春。

這天傍晚，李吉和趙永安兩個，坐在客堂一角的桌邊。李吉叫了幾碟小菜和一壺酒，破例斟了一杯，推到趙永安的面前，一向不喝酒的趙永安，居然也喝起酒來了。他們一面喝著酒，一面聊著。

「老實講，當初我跟趙大叔獵獾，完全是爲著獾毯來的，」李吉帶著酒意說：「我那時太認真，也未免太天真了！當時，我相信那種傳說裡的寶貝是很容易得到的。你想想吧？兄弟，一個獵獾人，一輩子辛苦不要緊，只要有那麼一次機會，得一張獾毯，立時就發了大財了，那還不夠人動心的嗎？誰知獵獾獵了這許多年，打死的野獾總有幾百隻了吧？獾毯卻連見也沒見著過，我這多年所想的，只是一場夢罷了。」

「當然嘍，不單獾毯如此，世上的寶物，誰不想呢？」趙永安說：「誰都知道，獾毯

一定是有的，野玃帶著小玃打滾，落下的毛結成玃毯，早先有人得到過它，前朝有人拿去京城進貢，那種寶物可不是輕易得著的。你不是說，要等，要忍嗎？獵玃是那樣，想得玃毯也是那樣，只要咱們不灰心，總有一天，會得到玃毯的。」

「但望能有那一天！」李吉苦笑笑：「不過，我業已不那麼認真了。像我這種浪蕩成性的人，就算得著玃毯，賣上幾百大洋，又夠我浪擲多久的？」

「話不能這樣說，」趙永安說：「人常講，三十無兒吃一驚，你三十六歲啦，還不該收收心，成個家嗎？……你總愛拿荷花開心逗趣，為何不當真？她是個實心實意的好女人，你這樣，只有傷她的心的。」

「嘿，你以為我會傷著她?!」李吉笑得鬍梢直動說：「有人不理不睬，那才傷著她的心呢！她那顆心，擺在一旁擺爛了，也不會扔到我身上。」

「那你說她心裡另有旁的人了？」

「當然。」

「會是誰呢？」

「就是你啊，小兄弟。」李吉指著趙永安的額頭說：「你究竟是真傻？還是裝傻?!她過來過去，用眼角瞟你，不止一千遍了。她一臉幽幽怨怨的神色，都攏在她的眉尖上，……女人家，整腦瓜子，她看上誰就是誰，她的心是一輩子也改不了的。」

那個不信的輕輕搖著頭，臉又微微的脹紅了。

倒不光是憐憫，趙永安自認他內心裡，真的愛著那個小寡婦荷花，正因為對方是個年輕的寡婦，他簡直不知怎樣表達他心裡的感情。他不會，也不願意用那種獵手們慣用的輕佻形式，那不是談情，只是一種戲侮。因此，有好幾個冬季，他都沒抬眼去看過她的臉，當她走過身邊之後，他看的，只是她的背影。

她總穿著罩上黑色幔袍的襖子，黑色紮腳褲，看上去像一團黑霧，誰知她的心裡，裝的是什麼樣的秘密？

「我倒不是慫恿你娶寡婦，」李吉在對面說：「不少人全知道，金寶跟她有名無實，她還是個妞兒，就這樣熬下去，也太可憐了。難得她中意於你，如今問題是你肯不肯要她？」

「肯又怎樣呢？」趙永安不禁覺得李吉的想法有些荒唐可笑了：「難道找人向她婆婆提媒，讓她答允把自己的兒媳嫁給我？」

「你只要對她有意思，事情就好辦了！」李吉胸有成竹的說：「娶寡婦，只有兩個方法最便當，一個是把她拐走，一個是硬抬硬搶，這樣，當別人批評她時，她才能抬頭說話，她會說：我原打算守一輩子，是那個強盜硬把我搶來的！——女人活著，不能不要個面子。因此，硬搶要比拐逃好得多！」

「算了！」趙永安嘆口氣說：「幹這種事，也只有你這種人才能辦得到！我可沒辦法當那種搶人的強盜。」

「兄弟，你怎麼這樣死心眼兒呢?!」李吉說：「所謂硬抬硬搶，只是一場把戲，專門做給這兒街坊鄰舍看的。事先你得跟她說妥，她不點頭，你搶回去逼她跟你過日子，不是出於本心，那還有什麼味道？」

「你是打哪兒學來的這許多鬼主意？」趙永安忽然想起什麼來說：「李大哥，你平素對荷花就沒有認過真？你要有意思，你就搶了她吧。」

「囉唆！」李吉說：「這又不是買貨，要推來讓去的。我告訴你，在天落雪之前，你最好跟她講妥，有錢沒錢，搶個老婆好過年，……錯過這個獵季，又得讓她多等一年，女人的青春一晃眼，哪經得再蹉跎的？」

說了這些，他便推開椅子走了，把發怔的趙永安一個人留在桌邊。他曉得李吉這回說得很認真，但對他來說，這實在是個天大的難題。他怎能在跟她對臉的時刻，跟她直截了當的說：

「荷花，我要妳，妳點個頭，我就會把妳搶走！」

人說野獾不容易獵，這可要比野獾更難獵得多了。

李吉這個魯莽的傢伙，既肯替人拿主意，就不會把難處都加在趙永安的頭上的。當趙永安爲難時，他到處放出風聲，說是小寡婦荷花快要有主兒了，趙永安已經決定，在這個獵季結束時，要把她給搶走！他不但對那些獵手和皮毛商是這樣說，就是馬臉老寡婦坐在櫃台裡，他也一樣的故意大聲嚷喚，存心把話風灌到她的耳朵裡去。

趙永安要搶小寡婦的消息，荷花本人也聽著了，她臉紅耳熱，滿心滾燙的，喜歡得冒泡，但在表面上，她聽到只有裝著沒聽到，除掉這樣，她還能怎樣呢？她總不能當面去問年輕的趙永安，是不是當真有這回事情？

她按兵不動的在等著，一夜，她替賭場上的油盞添油，李吉把她攔在過道邊，對她說：

「荷花，甭再記恨我當初跟妳開的那些玩笑。如今，妳真的有了好戶頭啦，我那老弟趙永安，要搶妳回去，替他生男育女過日子，他是有情有義的，不會虧待妳。」

「哼！那個沒膽的賊強盜，他敢?!」荷花這樣啐罵著，聲音卻是輕輕的，帶著試探和問詢的意味。

「他當然敢！」李吉說：「妳放心，他要是臨時膽怯了，還有我這幫忙的呢！妳等著做新娘吧。」

趁李吉說話沒注意，荷花猛的撥開他橫伸的臂膀，身子一滑，像受驚的魚似的溜跑

了。

李吉怔了一怔，隨即大笑起來，跑去找著趙永安，扳著他的肩膀說：

「老弟，你真太沒用了！找個寡婦老婆，自己一動也不動，處處都要我出面幫忙，我可算幫忙幫到底，當面告訴了她啦！」

「你告訴她什麼？」

「你說還有旁的什麼吧？我是開門見山，跟她說，你要搶她回去做老婆，她……她就答應啦。」

「屁話，她會當你的面答應？」

「不是答應是什麼的？」李吉說著，學起荷花那種細聲細氣的聲音來：「『哼！那個沒膽的賊強盜，他敢?!』……如今不是她的問題，只問你敢不敢啦！」

「我要是不敢，又該怎麼辦？」趙永安說。

「那也難不倒人，」李吉說：「我一樣幫你下手搶人，替她灌到麻袋裡去，放到你的驢背上，那之後，全都是你的事了，總不成連生兒子事，也讓我幫忙包辦吧？那可太不像話啦！」

「瞧你瘋瘋傻傻的沒正經的樣子。」趙永安心裡放實落了，便岔開話題說：「天有起風訊的模樣，就快落雪了，咱們得早些擦擦槍銃，下鄉獵獾要緊。」

「不錯，」李吉說：「獵獾確比往年要緊得多，娶老婆得要增加不少的花費，我早說過，這年頭，想成個家，真不是一宗容易的事兒。不但要多獵幾隻野獾，最好還能得到一張值價的獾毯，那時刻，你有了一筆婚費，我也有了一筆賭本，才真是皆大歡喜呢！」

趙永安望著興奮的李吉，雖說這一切都還沒成事實，但他心裡也充滿了感激之情。李吉快近中年了，有很多地方仍然任性得像個孩子，毫不更改他那風火雷一般的脾氣，下賭注如此，幹旁的事也都如此——把所有的，一股腦兒砸上去，就等著亮出一張牌。他相信，李吉多少也喜歡著荷花，他只是對成家這檔子事缺少自信，又一時改不了他那光棍漢的浪蕩習性罷了。

天就在那夜起風訊，洋洋灑灑的落起雪來。這兩個獵獾的好手，便把搶荷花的事暫時放在一邊不提，忙著收拾行囊，分別下鄉去獵獾去了。

趙永安決定去東鄉，李吉就選了西鄉。臨分開時，李吉拍拍趙永安的肩膀說：

「兄弟，別忘了在年前趕回客棧來，把荷花帶回去過年！」

雪落得那麼猛，騎著牲口冒雪下鄉的趙永安，幾乎分辨不出眼前的道路來。他帶來的獵狗吉利走在牲口的前面，這裡那裡的聞嗅著，幫他認路。趙永安想到荷花，心裡便暖洋洋的，根本忘記了冒雪奔波的辛苦。真的，他這些年來，算是孫老寡婦客棧裡的常客了，

那個老掉了牙的老寡婦，兩眼骨碌碌的坐在櫃檯背後，她看到的只是錢，他弄不明白，爲什麼錢對她那麼要緊？

她陰陰冷冷的活著，一張馬臉終天板著，緊繃繃的，從沒顯出過一絲軟活的笑容。客棧裡的顧客們可以少看，或是根本不去看那張臉，但她媳婦荷花，以及客棧裡的那些夥計，端她的飯碗，就很難躲得開那張臉了！

甭說他愛著荷花，就是沒有這份情，也有一股義憤在，恨不得立時就把荷花從她手裡搶出來。前幾年，金寶還沒死，他不止一次看見過那個有皮沒肉的活骷髏，他不管從哪面看，他也不配娶荷花，果然，荷花進門不久，他就進了棺材啦。老寡婦硬要拖著媳婦守寡，不知存的什麼心？年輕輕的荷花，當真願被一座貞節牌坊活活壓死？如今是，荷花不管跟誰，都比在老寡婦身邊要好。這把火，總得要人去點，她需要跟一個男人過日子，要走出那座陰陰冷冷的墳墓。

他趕至魏家沙莊，住到魏老爹的宅子裡。忽然，他想起一個新的獵獾的法子來，對魏老爹說：

「各村不是一心想除滅獾患嗎？我倒想出一個主意來了，靈不靈，如今還不敢說，要等試過了才知道。」

「是什麼樣的主意呢？」魏老爹說。

「一般獵獾，多在夜晚，伸銃等著打牠，但這並不是一個除獾患的好法子。」趙永安說：「您想想，野獾出洞獵食，並不會成群結隊的出來，獵獾的銃聲一響，其餘的獾子又竄回洞裡去了，……我想用的方法是，在白天出獵，聚合各村各莊的人，尋找新的獾洞，用麥草、乾辣椒點火，用削尖的吹火筒朝洞裡吹煙，煙氣會把野獾逼出來，那時再用網罟、火銃，轟牠捕牠，這樣會比夜獵要好得多，而且，村裡的狗，都能用得上。」

「好！」魏老爹說：「尤其在雪後，雪面軟軟的，就是活陷阱，野獾腿短，在雪地上行動不快，只要能把牠們逼出洞來，有多少就能獵到多少，咱們就照趙兄弟你這個方法試試看好了。」

沙窩子裡的這些村莊，飽受野獾的蹂躪太久了，魏老爹出面一吆喝，很快就圍聚了好幾百口子。他們採取了趙永安提出的這個新主意，各人回去取獵銃，帶火藥，張網罟，牽家犬，運麥草，重新聚到淤黃河邊的沙岩和沙丘上，這裡是野獾群的老巢穴。

清早點火燒獾洞，初時沒見什麼動靜，燒至晌午前後，有人尖聲嚷著說：

「瞧啊！有野獾出洞啦！」

受不住煙燻火灼和刺鼻辣椒氣味的野獾狗，果然冒險出洞了，誰知一出洞就遇上積雪，根本無法奔騰飛竄，很快就被獵狗纏住咬倒了。大夥兒一見這方法生了效，吹火吹得更勤，單只那一天，臨到傍晚，業已捕獲了大小野獾七十多頭，有些還是活的，兩眼被燒辣椒的煙氣燻得紅紅的，不斷流著眼淚。

「我得拜託老爹一宗事兒，」趙永安說：「這方法既然生了效，我想請您著人騎牲口趕到西鄉，找到我那夥伴李吉說一聲，要他也改用這種方法行獵。我想，照這樣下去，不用到年根，野獾就不會再為患啦！」

「好，我這就著人過去跟他講去。」魏老爹說：「這方法對我們農戶來說，當然是好，但對你們獵獾的人來說，卻未必算好，——一年裡面，把獾群獵盡了，來年無獾可獵，你們又靠什麼過日子？」

「那倒不是問題。」趙永安說：「來年我打算成家，換一門行業，免得年年冬天，迎風冒雪，跋涉奔波，跑來受這種冷餓的罪了。至於我那夥伴李吉，更該早些改行，他把賺得的錢都喝掉賭掉，也不是個辦法呀！」

「呵呵……」魏老爹笑了起來：「小兄弟，成家，真是個絕好的主意，聽了你這話，要比喝了一壺燙酒還樂。你跟李吉兩個，早該成家啦！我不是在這兒說客套話，咱們農戶人家，有田有產，不靠這些獵物吃飯，今年獵得的獾子，全數奉送給你們兩位，……就算是祝賀你們成家的賀禮，你們總沒道理拒絕吧，何況這種獵獾的好主意，還是你出的呢！」

無論如何，這種新的獵獾的方法，變成了一帖靈符，很快便傳遍沙窩子各處。農戶們爲了來年的收成，莫不出力合獵，利用地面積雪沒消的這段日子，他們不但獵獲了幾百隻狡獪的野獾狗，更得到一張由白毛老獾拖出的寶物——柔軟無比的獾毯。

魏老爹和各莊的農戶合議，大家都眾口同聲，要把這些野獾和那張獾毯，送給趙永安和李吉兩人，感謝他們協力消除嚴重的獾患，有了這種方法，他們朝後就不會再畏懼殘留的野獾了。

趙永安和李吉拗不過他們，只好收下這批禮物。

沒等他們回鎭，收購獵物的商人就下鄉來找他們了，除了賣出那些獾子，單是那張獾毯，就賣了二百七十塊大洋，總計起來，他們兩個，每人分得好幾百塊洋錢，算是發了一筆不小的財了。

「早點兒回鎭上去吧，兄弟。」李吉說：「荷花在等著你呢，那宗事，早辦妥了早好。」

但等他們回到姚家渡，才曉得事情出了天大的變化，人們紛傳著一宗驚人的事——老寡婦客棧出人命，年輕的媳婦荷花，被婆婆逼得上吊吊死了。據說馬臉老寡婦聽多了趙永安要搶她媳婦的話，便採用了先發制人的法子，把媳婦叫到面前，告訴她，趙永安要搶她走，問她怎麼辦？是否自願跟姓趙的去過日子，假如她願意，不用姓趙的來搶，她願意替她梳妝打扮，搽胭脂抹粉，把她從大門送出去；假如不願意，她就遞給她一根上吊用的麻

繩……。

「老寡婦的心機真是毒得很！」有人這樣批評說：「她明知荷花想跟姓趙的過日子，只是利用搶親遮遮顏面，她偏要撕盡了做媳婦的臉，硬逼她承認守不下去，熬不下去，要跟野漢子去過日子，好讓街坊鄰舍在大白天睜著眼看那場笑話。荷花硬是被她激得上了吊的。」

「乖乖，趙永安想盡法子，整掉了野獾，誰知老寡婦這著棋更厲害，她像整野獾一樣的，整倒了發了財的獵人啦！」

「那倒不一定。」有人反對這種說法：「人說：有錢買得金山玉。像趙永安那一表人材，有了錢，天底下的黃花閨女任他挑選，他何在乎娶一個寡婦？……老寡婦整倒她自己的兒媳婦，也就是整倒了她自己。」

「是啊！」這說法立即便有人附和了：「她沒想想，她那間客棧，生意興隆全靠的是誰了？沒有年輕的荷花幫她招呼客人，甭說人，連鬼都不會住她的店裡去的。」

最後這種說法，算是有道理。自那之後，老寡婦的客棧便冷落了，趙永安和李吉根本沒再到姚家渡口來過。黃沙年年飛揚著，荷花上吊的事，逐漸被人淡忘了，一個獵人遺落在這裡的夢，還有誰會去撿拾呢？

馬臉寡婦還坐在她清冷陰暗的店鋪裡，木木然的臉朝著街。她明白，所有的故事都不會再在她的店堂裡發生了，但奇怪的是，她昨夜竟然做了一個怪夢，夢見一個老頭子來搶她，她居然半推半就的跟著他走了。

當然，她不會跟誰講起這事的，她只要讓街坊明白：不是男人不要她，而是她這一輩子，從根厭棄了天底下的男人。這是做寡婦的顏面和風光，儘管並不真實，但她業已抱了一輩子，不願再扔下它了。

魘

雯倩拼命的掙扎著，終於推開了那一團毛茸茸壓在自己胸脯上的東西，從被什麼東西扼緊的喉管中，擠迸出帶著劇烈喘息的，低啞恐怖的驚叫：

「呃……呃……哎喲……」

抹著胸脯坐起身，有一塊淡淡的月光映在玄紫色的緞被面兒上，她這才意識到自己又掙脫出那種渾噩的夢境，回復了清醒。

立起那隻軟軟的海綿枕，她靠在床頭櫃上，採取半坐半躺的姿勢，不敢再睡了。人雖清醒著，從魔魘般的惡夢中帶來的殘存的恐怖仍沒消除，她迷迷惘惘的久久怔忡著，回想那夢中的渾噩的情境。

臥室裏太沉靜了，這棟靠近山腳的古老的別墅，是仲生特為自己養病租下的。他堅持說醫生交代過：鬧神經衰弱的人，最好能遠離城市，避免市聲和一切囂雜噪音的煩擾，安安靜靜的作較長時期的休養。

「我敢說，搬來這裏之後，不用半年，妳的病自然就會好的。妳只是輕度的神經衰弱，衰弱不能算是病……公寓也實在……太吵了，早知那樣吵，我們早先就不該買它的。」

然而，一開始自己就猶疑著，不肯搬到市郊來，知道自己的神經衰弱，並不全是由於市區的噪音和鄰舍的吵鬧。公寓座落在一條寬敞清靜的巷底，前後共有二十多坪的院子；

底層就有這樣好，單門獨戶有院子。由於建築得好，樓上和隔鄰的人家，很少有太強的噪音傳進來。巷頭是安靜的小街，拐彎幾十步才是正街，來往車輛的喇叭聲，聽來似乎很遠很弱，除了在深夜，才有間歇的麻將聲，一家教授鋼琴的女聲樂家練琴聲，三樓有個接近成年的大孩子，常倚在狹長的涼台一角學吹喇叭，聲音低啞，顫硬而又生澀，總像嗚——嘟，嗚——嘟的泣聲。

仲生所指的太吵，決不會指這些。他是個大而化之的大忙人——爲他新組成的電影製片公司日夜忙碌著。他所指的太吵，一定是指每天由基隆南下的火車，經過屋後不遠的市內鐵道時的音響，尖亢的鳴笛聲，飛轉的鐵輪輾壓鐵軌時所發出的、持續而有一定節奏的吭隆吭隆的軌響。他那時正在睡他習慣性的懶覺，火車的聲音呼嘯著破空而過時，他常會皺緊眉頭，做出咬牙切齒、怒目圓睜的怪相；仰臉朝上，夢裏夢盹的詛咒著，或是用粗大的拳頭，猛力的擂著他身下的彈簧床。

而那並不表示他已醒轉，當聲音遠逝後一兩秒鐘，他便翻一個身，蜷曲身體，擁著被子，打起鼾來了。

再有就該是他午睡時，巷子裏搖鈴收破爛的，捺喇叭賣冰淇淋的小販，扯著歪腔粗嗓子賣吃食，修皮鞋，劃刀磨剪子，換水瓶，補洋傘的那些人，常把他弄火，勒起拳頭，躺在床上咆哮，彷彿是一頭怒虎。

公寓雖不是一等豪華型的，總算是自己的產業，放著自己的房子不住，卻要花高價租下市郊的別墅供自己養病，仲生的這番關切之心是沒錯的，只是自己不能不為他著想。他的金人電影製片公司組織不久，請職員、聘演員、添設備，處處都是朝外撒錢，自己可不能因為這點兒還不能算是大毛病的輕度神經衰弱，再累他花費太多的錢。公寓就算吵一些，卻有它的好處，譬如出門方便、串門子方便等等的，住慣了市區，乍換環境，是否習慣，也都是值得顧慮的事。

當然，最後還是依了他，搬到這兒來了。與其說為自己養病，倒不如說為使他能安穩的睡他的早覺。這兒靠山根，只有少數一兩幢別墅式的大宅子為鄰，汽車喇叭聲只是偶爾聽到，刺耳的火車鳴笛和鐵軌震動聲是聽不到的了，小販雖也常來，但大都是在上午他開車出門之後，不致驚擾他的午覺。這些情形，至少對他這個忙人是有好處的。

夜晚靜得可怕，雯倩一個人獨醒著，恍惚有這樣一種游絲般飄浮的念頭掠過心底。噩夢醒轉時殘留的恐怖是逐漸飄遠了，但新的無以名之的恐怖，又從四面八方蓋過來。一絲牽著一絲，一線結著一線，展佈成一張巨大柔密的網，把自己罩覆在裏面。

企鵝檯燈在床頭的小几上亮著，五支光的小紅燈泡，亮在雕成空心花紋的企鵝的肚腹裏面。彷彿是那隻磁鵝的血紅的心，被誰用尖刀挑破了，殷紅的光從几面上跳起，變成罩染的鮮血。床頭架上的玻璃罩鐘，嘀噠嘀噠的動走著，彷彿那不是精巧機械律動的聲音，

而是一串滴落在夜的銅盤中的時間的水滴，落下去就沒了，散了！

隔著一道小几，仲生在那邊沉睡著。打開的雪茄木質長匣，放在他的枕邊；她似乎仍能嗅著臥室空氣裏那股子熟悉的雪茄煙熄滅後殘存的煙味。

他一定剛入睡不久。

她原有喚醒他的衝動，告訴他惡夢總是厲犬般的啣逐著她，她逃到那兒，牠追到哪兒，從一個夢境追入另一個夢境。但她無力的垂下雙手，只是一動不動的坐著。婚後幾年，她自信摸透了仲生的脾氣，喚醒他是沒有用的，他夢夢盹盹聽完話，一翻身就忘記了，沒有人能幫助她脫離這種孤絕的恐怖情境。

那盞企鵝檯燈還是在流著血，她微微側轉臉去，讓紅黯的光勾描出她清秀纖柔的側影。她筆直高挺的鼻子和薄薄的唇線是頗具希臘風的，她的一頭長髮習慣在睡前草草綰成一條油鬆軟滑的辮子，黑蛇似的拖垂在她緞質繡領花的睡袍上，隨著她頸部神經質的微顫，輕輕抖動著。

她側轉臉去，用微微斜睨的眼凝望著那隻流血的磁質企鵝，愈來愈覺一顆心驚悸得厲害。如今是夜正深濃的時刻，這座偌大的宅子裏，怕只有自己一個人醒著。屋後的下人房裏，那個有幾分耳聾的老女傭胡媽，也許比仲生睡得還熟，即使起暴雨，響焦雷，也不會把她驚醒的了！……狼狗比利呢？怎麼今夜從沒聽牠叫喚過一聲?!如果狗真朝空吠叫起來，也許會引起雯倩另一種恐懼——恐懼偷兒，但這麼壯的一條狼狗，一夜了無聲息，似乎比吠叫更爲可怕。

牠也許被人下了毒了？

不錯——牠也許正像這隻可憐的企鵝一樣，中毒後躺在後園子裏，沒命地用前爪子扒著土，打滾掙扎著，嘴角和鼻孔都朝外溢著黏黏的血沫。一個手持扁鑽的賊，從牆頭跳落下來，他咚的一聲跳落下來，用扁鑽結束了比利的性命，然後，躡手躡足的，朝臥室這邊……。

「天……喲！」她突然縮一縮頭，用嘴咬住自己小指尖端塗有紅色蔻丹的指甲。當然這不是真的，只是一剎沉迷中，無端興起的恐怖遐想之一，她用咬指甲的古老方法，把魔境給破了。

並非是自己迷信傳說，雯倩相信童年時代，自己裏小腳的母親，專門愛談鬼論狐的大姑媽曾告訴過她的，那許多離奇怪誕的傳言。也許這民族太古老了，歷朝歷代活過的人們，或多或少都留下些動人的經歷。綜合這些經歷，織成了一個空靈奇幻的世界。那耳不可聽，目不可見的世界，曾吸引過自己全部的精神。

關於魔境的造成，她相信是有一種專門魔人的鬼魅造成的。這種魔鬼很機伶狡獪，總是趁人精神疲竭，半醒半睡的時辰，張開一隻百寶囊般的魔魘袋兒，放出一些誘人的魔境

來，讓人不知不覺的走進去。

這些魔魘之境，開始都是美好的。是的，那確是美得誘人的，正像人世間那許多美麗的慾望陷阱一樣，不知坑陷了多少爭名逐利的人。魔境在人眼前幻佈著，通常是一座雲遮霧湧的仙山，半隱半現的展露在眼前，犖确的山石鎖住了通幽的曲徑，滿山的檜柏迎嘯著山風，冷泉在綠苔上琤琮低唱，野草山花紛紛的含笑牽衣，你便忘其所以的踏露而登，去探幽訪勝……

忽然間，霾雲四合，天昏地瞑，四顧迷濛。你登山，霧崖壓額，你回顧，早已難覓來時蹤跡，而雷鳴、電閃、石飛、樹折、雨暴、風狂。你正驚惶失措時，眼前豁然開朗，有一座古老破落的大廟巍峙林叢。你安心的奔入佛地，祈求聊避風雨，等一進廟門，才發現那廟宇原來是荒廢無人，白骨森森的千年鬼域。大殿的殿廊間，羅列著鬼王鬼卒，油漆斑剝落的樑頂，滿是灰塵和蛛網，巨大的蝙蝠展翅如鷹，在人頭頂上盤旋，腳下踏著的，盡是崩碎的人骨！你想回頭麼？那已經太晚了，你會發覺那些破爛的泥塑的鬼偶，都是活的，都是活的！峙立在廟門通道上的牛頭馬面，業已把廟門關妥，讓你活陷在無路可遁的絕境裏，去忍受痛極駭絕的煎熬。

噩夢像一綑韌性極強的麻索，把人緊緊捆束著，直到人被壓得透不過氣來，在流汗與心悸中醒轉，有一種空空黑黑的悲哀。

很早之前，在童年期的雯倩就經常有過這種經驗。入眠時常生夢魇，由她的失聲驚叫，把家人給吵醒。

「這孩子身子太單薄了，要替她治治才好！」

做母親的卻不同意父親的說法，她堅持著那種得之於鄉野傳說的道理：

「魘物並不是什麼壞東西，哪家孩子不受驚魘？奶奶說的可沒錯兒！孩子家，魘一魘反而易開心竅，又分外肯長呢。」

雯倩也承認這個，夢裏受驚魘，確沒什麼大害處，不過經常受魘，精神上心理上的緊張和痛苦，實在也夠人消受的。時間久了，睡眠只是徒具形式，有等於無，人呢，也越發消瘦蒼白，無論使用哪種名牌的化粧品，也掩不住兩面眼窩下由失眠造成的隱約的黑圈兒。並不是自己過份小心眼兒，每在晨間對鏡，瞧著鏡中略顯憔悴的自己，總有一份淡淡的，無可奈何的哀感。說是自憐也罷，自惜也罷，三十歲剛出頭的人，就有美人遲暮的感覺，再難留得盛放的春華了。

就跟自己的丈夫仲生相比罷，自己確也老得嫌快些了。論年紀，仲生要比自己大上十四五歲，他是貧苦出身，在生活的圈子裏翻身打滾的掙扎多年，白手成家，擁有一家頗具規模的戲院，一家貿易公司，近年又組成了被他認爲是中心事業的金人電影製片公司，打算趁著這股子國產影片起飛的熱風熱浪，拍攝一些真正夠水準而又兼顧票房的影片，成

天為千百種擾人的事務糾纏著，永遠沒有忙完的時候，仲生儘管這樣忙碌，卻一點兒也沒有衰老的現象，在自己的眼裏，他非但不老，反而越來越覺年輕了。

他有著樂觀開朗的性格，卻是自己沒有的。

雯倩知道，她跟仲生早期成長環境和生活背景全不相同，因此在性格上也不相同，兩人相戀時，她就跟仲生約略的談過。她生長在北方古老的大城裏，祖先是旗人，那些前朝煊赫的盛景早已遠去了。她幼年時，家道雖然已趨衰落，但是大家的局面仍然撐持著。只記得她長在那座古老灰黯的老宅子裏，前後六七進院子，一進比一進沉寂，後大園子裏盡是多蔭的老樹，圮落的平架上，交纏著多種乏人清理的藤蔓。

自幼她就習慣聞嗅佛手和沉檀的氣味，喜歡看檀香結成的香篆。家庭是那樣保守法兒，門外似乎跟天外一樣的遠。她的世界就在那些鋪砌成古式花紋的水磨方磚地上，在寬大陰沉的後大院子裏，太湖石的假山，全用玻璃磚嵌成的花房，臨著荷池的水閣，檀木櫥裏的線裝書，以及家人僕婦們嘴裏的各種奇異的傳說——多半是關於鬼狐的，她最初受驚魘，也就源於那些。

日子去遠了，記憶也該泛黑了，但第一次被魘住的情境仍是那麼清楚；彷彿夢見一座堂皇典麗，頗有古氣的木樓，在煙色的薄暮中影立著，自己手扶著梯側的欄杆朝上爬，穿的是一雙繡著幫花、繫著金黃色絨球的虎頭鞋，爬一級，絨球抖一抖，爬一級，木梯響一聲格登，有趣可不是？可是當爬到梯子轉角的一個地方，濛黑裏，看見一個穿白衫的人，低著頭，回臉朝外坐在梯級上，把路給擋住了。自己起初還當她是家裏的僕婦，也沒有介意，還是繼續朝上爬，故意把腳步放重些兒，以爲她聽見聲音自會讓開的。

……格登，格登，格登……

一連爬上三四級，站在木梯轉角的平台上，已和那人靠近了，而且臉對著臉，那人卻像沒聽著、沒見著一樣，連頭都沒有抬。

「妳？……妳是誰？」從心裏這般問著。

那人仍然沒有抬頭，卻打肚子裏發出聲音：

「我麼？我是鬼，小姑娘。」

面對著這個低著頭穿著白衫的婦人，在那樣濃烈的陰黯之中，看不清的白衫的肩領間飄曳著她披垂的散髮，構成一種特殊強烈的懾人魘境，把自己鎖著，壓著。正打算翻身逃遁的時辰，那自稱是鬼的婦人，突然一晃肩膀，伸出一隻骨瘦如柴、黑如炭枝的手來，牽住自己鑲花邊的裙裾，同時發出一串尖削的非人的笑聲：

「妳看看我，看看鬼是什麼樣子？」

散亂的黑髮一搖，那女鬼真的抬起頭來，臉在自己癡迷的放大的瞳孔裏，那是一張從沒見過的怪臉；沒有眉眼，沒有口鼻和兩耳，更沒有下巴，只是一塊光光滑滑的白肉連在

頸子上，好像一隻白鷳或是一隻青皮鴨蛋！……逃罷！逃罷！一絲潛在的意念，從被壓迫的胸腔裏掙扎著鼓湧出來，誰知自己的手腳早就嚇麻了，變冷了，仰著臉從木梯上倒滑下去，而那女鬼一點兒也不放鬆，風一般的直撲下來，騎在自己身上，冷風絞動她的長髮，拍拍地拂打著自己的臉頰，她那張鬼臉，竟會生出千百種變化來，那樣存心折磨著自己。玄黑的時空抖動著、倒懸著，那是一座永遠向下陷落的無底深淵，冷冷的尖風銳嘯著，箭鏃般的穿透自己的身體，自己的一切掙扎，在虛空裏都歸於無用，直到遙遠的嚶嚀把人喚醒，才知道那原是魘境。

後來進了女校，學會背著母親，用一支小小的電筒，在被窩裏打亮了偷看書。看到聊齋上寫的「幻由心生」的話，才懂得把魘境歸罪於自己專愛胡思亂想的腦子。便儘量壓抑著自己，不管白天或是夜晚，儘量不去想那些聽來是恐怖的事情。

但那也沒產生一絲效果。

這隻可怕的流血的鬼企鵝！……又能怪誰呢？這盞新式的床頭燈原是自己親手挑選的。那夜落著微濛的小雨，仲生開車去西門町，在一家玻璃櫥窗裏看見這盞燈，當時覺得製作滿精緻，燈座和燈罩的色調也配得十分雅，就把它買下了。誰知今夜看它，越看越覺得可怖呢？

不要又「幻由心生」罷，明天把鵝腹裏的燈泡換成黃色的，不就好了麼？這樣一轉念頭，雯倩才想起適才被自己牙齒咬痛的指甲，翹起指尖瞧了瞧，又用手去安慰似的揉捏著。

想起「幻由心生」，雯倩便想起曾經懸掛在客廳裏的那幅仿達文西的「蒙娜麗莎的微笑」來。忘記自己何時那樣誇讚過蒙娜麗莎的了，仲生便央請一位才氣頗高的油畫家仿畫一幅。有一個夜晚，仲生出門去看望一位劇作家，自己獨坐在客廳的沙發上勾織一件毛衣，恰好面對著那幅原仿畫得很出色的油畫，可不知怎麼地，自己忽然打起寒噤，發起冷來。

誰說「蒙娜麗莎的微笑」是世界上最神秘、最美麗的微笑呢？那些人只是莫名其妙的人云亦云罷了！再不然，就該是整個世界都在顛倒著，把陰森、冷酷和怪異當做美。

放下正在編織的那件毛衣，去凝視著那幅畫。蒙娜麗莎帶著些迷茫的幽怨，獨自站立在冷色的黃昏背景中，夕陽早該自她背後沉落，背景是那樣混沌，那樣慘愁，分不清天和地，霧和雲，林和樹，都那樣死沉沉的了無生氣，人也了無生氣，彷彿並不是一個有血有肉的人，而是一個幽靈般的浮現的影子，……一個冷感的女子，具有男子的面型，但那張臉是病態的，青裏帶黃的臉色正是俗說的菜色，她可能患有嚴重的肝病。

自己那樣一瞬不瞬的凝望著，並曾盡力控制自己的情緒，希望順隨世俗，去發掘那微笑究竟美在哪裏。可是越望越糟，那微笑非但毫無美感、反使人產生恐懼的搖撼。在她的

唇影下面，出現了陰森、詭秘的死亡，她不是蒙娜麗莎，不是一個活人，而是一個面色青黃，來意不善的女鬼，從歷史的廢墟中浮現出來，只准俗世人們謳歌讚美她，不准人們對她那典型的微笑存疑。她的眼彷彿一直怒盯著自己，她的臉在透明的燈色的波紋中不斷擴大，她——這女鬼，正逐漸朝向自己逼近，逼近，彷彿要用她那種陰森詭秘的笑容來謀殺自己……假如不是壁鐘及時敲響，把自己推出魘境，假如不是比利嚦吠著，迎接著仲生晚歸的腳步，自己也許真會叫那種可怖的情境嚇死了。

那幅畫，在自己說明原委之後，仲生立即著人把它取下並且焚毀了。而那夜受驚的情境潛藏在記憶當中，卻是無法磨滅，無法消除的。就算是幻由心生罷，爲什麼自己這一顆心偏會生疑生幻呢?!

雯倩疲倦的打著呵欠，但仍竭力撐持著，不敢入睡。沒有人比經常受魔魘的人更能體會到那種痛苦，——一次受魘就像是受一次宰割，經一次死亡。

四周是死寂的，罩鐘的水滴，仍在滴瀝滴瀝的流滴在黑夜裏。如果比利遭人毒殺的話，牠的屍體早該變冷了，是的，牠一直沒有吠叫，就是證明。

嗨，不要去想這些罷！

不管感覺是多麼疲乏，失眠後的頭腦是多麼的昏沉，然而頭腦總不肯安安靜靜的休息，彷彿在任何情況下，它都不能空著，它都得要裝進一些零零亂亂糾纏不清的東西，一直到塡滿任何細小的空洞。醒著時，它塡塞進眾多的記憶、感覺、傳言活化的形象，由那些形象激引出的浮離不定的思緒。入睡後，它仍然活動著，彷佛是一扇敞在水底的門，任游魚、水藻、蚌和蟹、鱉和蝦……眾多影影幢幢的生物往覆著，思緒搖曳如傳說中的八腳魚，捲起一些波濤，一些影像，辨識著，……穿著火紅嫁衣的縊鬼，舌頭拖垂在胸前，頸間還扣著縊繩，飄呀飄的風閃而過。……不知是哪一間久曠無人，窗門緊閉的廢屋，一盞睏眼似的罩燈，仍在過高的天花板上亮著，窗櫺叫風搖響，叮叮地，很像一個人恐懼時打著牙齒，一個鬼影子平平的貼在空盪的粉壁上，也有眉，也有眼，穿著大朵荷花衫，墨色的百景長裙，只是平的，一張剪紙似的，緩緩的淡進牆裏去了。……何時何地曾見過那種鬼氣森森的小樓閣的呢？它圯落的影子彷佛是熟悉的，樓閣下面是分隔前後院落的通道，地面鋪著終年不見陽光的方磚，陰黯潮濕得能一腳踩出水來，兩端是橫走的條石門階，被罩在寬闊的走廊下面，廊前砌有矮矮的花牆，牆端放置著大大小小久已無人關注的盆景，葳蕤而雜亂的生長著。廊簷之下，門框的正上方，懸有一塊標明這家人古老族系的堂匾。年深日久，匾額上的金漆和底漆都已龜裂了，面上蒙滿灰塵和蛛網，連四角雕花托座上拴繫的紅綢也灰化似的，變成極爲曖昧的顏色。匾額後面，原有一些瘤塊般的燕巢，許是因爲廊間過於陰冷罷，燕子們不再回來棲息，只留下那些空巢，點綴著一庭的荒落。

就在那塊匾額上，懸吊著一串變得乾黃的桃枝，紅絨繫紮的小玩意兒葫蘆，兩片象徵

寶劍的枯了的艾葉，一疊兒黃裱紙所書的鎮魔驅邪的符咒。只消一入眼，心就像擂鼓似的狂跳起來，就知這樓閣上有些什麼在盤踞著了。

還是飄進去罷，不知進去的究竟是有血氣的身體？還只是一縷被魔鬼迷住的魂魄？思緒是一組被派定了的過河卒子，——只能朝前不能後退的，不論遇著什麼情境，都得穿透過去，……人一跨進通道，兜臉一陣寒風就吹得人汗毛一緊，眼前一切景象都灰濛濛的，隔一層煙霧。

那邊是一座木梯，灰黃帶褐，梯側沿牆放著一張方桌，有一個穿青衣戴瓜皮小帽的年輕男子的背影，擋著桌子一角，他佝著腰，正探手去抓取那隻燒有「西江煙月」的茶壺，朝茶杯裏倒茶，眼一花的功夫，那男子回頭發現有人進屋，一晃身子，人就沒了，只在他現身的地方，留下一縷嬝嬝飛散的、紫色的人形煙霧。

是居住在樓閣上，專迷少女的狐狸精，可不是？即使它是魔境，彷彿就是真的。

而這些都是不夠的；幼年的小腦袋裏，不知怎會裝得下那許多疑真疑幻的魔境的。有一些並不稀奇，是曾在童年生活中經歷過的，魔鬼收取了它，使它在人睡夢中重現，使它和回憶重疊在一起，整個生命，彷彿十之八九都被這些虛幻的情境佔據了，活著也像是夢著。

那是一個遠逝的殘秋，在後大園子和下人居處中間，有一列石砌的廁所，幾間專堆多餘的磁器、古玩、古畫的堆房，一群從天津來的親戚的孩子，利用那荒僻的一隅，玩捉迷藏遊戲。那兒也有很多廢置的山石，人形獸狀的兀立在棗樹和苦楝樹的林子裏，堆房前後，叢叢蒿草總有半人深，真是捉迷藏最好的地方。黃昏時分，石隙間遍是顫索的蟲吟，這地方是自己久久嚮往但又不敢來的地方，也曾跟男僕老秦來過，進過被自己幻想為「金銀山」中寶庫的堆房。

堆房四壁無窗，只有屋頂上開有兩座四面嵌有活動玻璃的天窗，藉以流通空氣。靠著從玻璃上反射下來的陽光，可以看清堆房的景象；到處全是粗木條釘成的站架，橫一條豎一條的，把偌大的空房分隔著，站架上疊放著無數巨木箱，褐黃的，烏黑的，赭色的，包著古舊的鏤花銅角，釘上帶圓頭的大銅釘，垂著的把手像一些馴貼著的耳朵。當時就曾想過：要是有一天，邀集些小夥伴們來捉迷藏該有多好，這些盛放古物的箱海，可不就是廣大的迷宮？

可是當真的玩捉迷藏時，感覺又不同了。捉的人用手臂掩著臉，靠在牆角一株棗樹上，打著唱謠歌般的徐緩的腔調，唱著：「好了沒有？好了沒有？」躲的人紛紛匿進林子和山石背後，一面用同樣的調子回答著：「還沒有好，還沒有好！」

自己就趁著這種熱鬧的問答聲，躡步彎過屋角，從堆房前虛掩著的門裏鑽進去，走向箱海的深處。

說是懼怕麼?當時推門進屋時，確實沒有這樣想過。這兒是家宅的一部份，老秦又曾帶著自己來過，那一口口巨大的木箱雖都深鎖著，但也不陌生。即使隔著厚厚的箱板，自己也能猜得出一些熟悉的東西；燒有七彩洛水神仙的大磁鼓兒，燒有弄蝶圖的大托盤，早年在大客廳裏放置過的碎花瓷瓶，瓷帽筒兒，張掛過的條山字畫，……當自己摸著箱角走過時，一口口箱子都彷彿張開口，闊闊的笑著。

就藏在這裏罷，自己抬頭看了看，四邊都是高高的巨箱壘成的方陣，映著霞光的天窗，正在自己的頭頂上。

太陽準是落山啦，天窗的每塊玻璃都叫雲霞染得透紅，彷彿是一塊塊新貼上去的紅絨，有一種堂皇富麗的喜氣，箱子上，方磚地上，自己的衣衫上，都落滿那種拂不掉，抖不淨的微濛的光粒兒。

捉迷藏的心理都那樣，愈是躲藏在僻角兒裏，愈有一種得意的安全感，——不怕捉的人找著自己。獨個兒坐著，津津有味的側耳諦聽著，呼叫聲，嬉謔聲，隔著牆聽起來都很遠很遠，彷彿起自另一個世界。……時間走過去，沒有人推門到這裏來尋找自己，是他們把自己給遺忘了。蟋蟀在站架下面鳴叫著，霞光突然地轉黯了。

哪兒來的這許多隻貓咪呀?黃黃的，小小的，一共總有四五隻的樣子，牠們一隻隻從站架的孔隙間躍出來，就在自己的腳邊逐嬉著；殘霞的幻光從天窗玻璃上跌落，牠們一隻隻繞光旋逐的影子忽明忽黯的，像上元夜點燃著迎著的走馬燈。

看著看著的，便動了捉牠一隻回去餵養的念頭，伸手去捉牠們時，怎麼也捉不著，——並不是捉不著，而是手掌一觸及牠們，牠們就不見了，縮回手再看，牠們還是在嬉逐著。一縷寒意從腳心直透上來，這不是什麼貓咪，貓咪是不會幻術的，而這忽顯忽隱的嬉弄，分明是妖魔的幻術。

「小姐，無事甭朝後跑，」女僕金媽叮嚀過，聲音和態度都有些曖昧：「別問爲什麼了，……宅子太古老，又缺少人氣，堆房那些地方，都不怎麼乾淨！」

這叮嚀的聲音，重複的在耳邊響著。天真的快轉黑了，外面那些小夥伴們的嬉叫聲也聽不見了，絕望的孤獨和極大的驚恐一齊襲向自己，逃罷！逃罷！儘管這樣想著，但整個身子已經軟成一團，根本無法動彈了！……是什麼東西抓扒著箱子？那是一隻全身漆黑，㹴尾蓬蓬的，狗一樣的東西，睜著兩隻鴿蛋大的綠眼，電炬似的瞧著自己，後來怎樣，連自己也記不得了。

只知道醒後躺在臥房裏，頭上鎮著熱水袋兒，渾身仍發著寒熱。從母親嘴裏，知道自己業已昏迷不醒的睡了一日夜了。又聽說那夥捉迷藏的孩子也遇上了怪事，他們在草叢中踢出一隻斗大的大刺蝟，一位天津來的小表哥把牠當著球踢，回來也發了寒熱。

「那隻刺蝟張著㹴刺，橫在路上不肯走。」母親說：「到後尾，還是金媽帶著香燭，

去焚香禱告，牠才肯退開的。」

「刺蝟也會祟人嗎？」表姐在那邊問了。

「怎麼不？」母親急忙翻過一隻碗來，表示掩住了邪物通靈的耳朵。這才低聲的說：「妳沒聽人說過，南有南五通，北有北五通？……五通麼？就是五種通靈變怪的東西，像蛇、狐、蠍子、蝙蝠和刺蝟……妳雯倩表妹遇上的貓咪不是貓咪，懂罷，朝後妳們不要再到後邊空屋去了，犯了邪，就會起寒熱……」

活著就像是夢著，母親所說的總不像是真的，也許她半生也活在傳言展佈成的夢境裏罷？誰知道呢？！

但這經歷也化成了魘境，長期的，反覆來折磨著自己了。更多魘境都是從生活印象裏來的，就是那位表姐，二年春天死在後大園子裏，是失足跌進老樹邊廢井裏溺死的。園子一角點種著一塊油菜花，把廢井給掩住了，表姐在油菜田裏追著捉蝴蝶，同時在一道兒捉蝴蝶的還有兩三個姐妹，誰也沒見她是怎樣跌下去的，就聽咚嚨一聲水響，表姐就不見了。……姐妹幾個嚇呆了，還真以爲是傳說裏的妖精把人攝走了呢。大夥兒慌慌張張朝前跑，個個嚇得短了舌頭，說了半天才把話說清楚。

「啊！老天，」還是老秦叫出來：「井！井！她準是跌下那口廢井去了！」

老秦到處去招呼人，帶著長鉤竿、麻繩兒、竹筐籮，奔到後大園子裏去撈人，原以爲還能撈回活著的表姐來的，可不是？一瞬之前她活著，還笑著、跑著、跳著的捉蝴蝶的，怎會轉眼就死呢？……跟著驚惶雜亂的人群朝後去，一點兒也沒悲傷什麼，駭懼什麼，除了眼看那塊油菜花，被眾多腳步踩踏得東倒西歪，覺得太糟蹋了春天。

表姐直到下午才被打撈起來，平放在那些落過彩蝶的油菜花上，整個身子冷冷硬硬的，滴水的衣衫緊裹在肉上，顯得那樣瘦小，她的臉孔已不成臉孔，全是井底腥臭的污泥，像一截沒洗的藕。

最使人心悸的是她赤裸的手臂上，兩耳的後面，叮著數十條黑蠕蠕、肉聳聳的螞蟥。

這些，當然又化成了魘境。

當生活印象化爲魘魘時，多少總有些不利於自己的改變。像表姐之死的印象罷，記憶中死的只是失足落井的表姐，可是一到魘境來時，落井的表姐就變成了自己；腳下一滑，便朝黑窟窿般的井底直落下去，在一片參差的磚齒間，自己攀住了兩隻生滿滑膩蒼苔的凸角，身子貼伏在井壁上，彷彿像隻壁虎。天光從井口來，高高遠遠的，回臉朝下看去，腥臭的水面離腳下不過三寸的樣子，水裏蠕動著無數螞蟥，各種長蛇，……就像蹲在一隻盛鱔魚的盆邊一樣，看牠們游動著、扭擰著，那些閃光的火信兒，一直舐到自己的腳心上。

攀緊啊！攀緊啊！心裏響著打鼓似的聲音，只恨自己的手掌比不得壁虎掌上的吸盤，而那凸出的磚角上的蒼苔又太滑太滑，越是用力緊攀，滑動得越快，眼看就要滑落到井底

去了，噁心、恐怖和悲哀交壓著，壓出一聲慘慘的號叫。走出那魘境時，已是遍身冷汗，耳邊仍聽見蛇蟲們惡意的喧嘩……。

夢著何嘗又不是活著?!

「嗨！」雯倩總算嘆出聲來了。

確是那樣的，至少是自己經驗過的生存，都是由無數魘境構成的。生活、傳言和夢，膠合得有如一張夾板，有什麼顏色的生活和傳言，就曾有什麼顏色的夢，不單是個人的生命泅泳在裏面，民族的生命也泅泳在裏面。只是自己所擁有的顏色太黯淡了些，在魘境中，除了感受驚懼、孤獨、絕望……從來就沒夢著生活中美好的一面。

這也許是另一面壓得太重了罷?

確是那樣的；在多戰亂的北方，在那一串古老得生霉的歲月裏，任何聽來是離奇怪誕的傳說都有著很深很深的根源；或是某種意志的連鎖，或是某種情緒的反射，或是某種希望的象徵。但開放著的童稚的心靈所能汲取的，只是生活表態和傳言活化的形象。

偷兒打竊的。拐子販賣孩童的。起蛟龍發洪水的。鬧大荒屠人爲食的。在非人的陷區裏發生天怒人怨的怪異。馬蜂和烏鴉群鬥的。畚箕大的蝙蝠精一夜吞掉三個日本鬼子的。某處死囚監裏鬧冤鬼的。某處殭屍鬼出棺追人的。校場邊的七八具死屍，夜來一道兒驚立起來圍毆拖屍的野狗的。專門吃死人腦子治瘧疾的。……聽不完的那些，在家宅的高牆外面，在古老的城牆外面，敵人鐵蹄之下，砲火之下的人群，只是民族亂離壁畫中凄慘的襯景……那些相隔著什麼，而又被自己關心愛顧的人們。

沒有什麼樣的高牆老屋，能圈囿住這樣的流言，沒有什麼樣狹小多愁的生活，能不受這種時代風潮的激盪。季節在深巷中不同的叫賣聲裏輪轉著，自己也分不清是夢著？活著？還是活著？夢著？自幼就孱弱的身子猶如最小最小磁盆中長著的一株夢草，怯生生的探起細弱得彷彿禁不住風吹的莖子，豎起兩片灰白的瓦霜般的葉耳，彎過一粒柔黃的初醒的眼睛似的苞芽，憑著古色古香的花窗，朝外窺看著，諦聽著。她不能自滿於一座大宅院裏的世界，這世界雖然溫馨，但缺少顏色。

儘管那許多傳言所化成的魘境，長年壓迫著自己，驚嚇著自己，但那裏面總有著一部份人群的生存情境存在著，比沒有夢的空虛，比成天瞧著瓦楞上的瓦松，瞧著方磚地上的麻雀要好得多。不是嗎？痛苦的生活總是一種生活。有許多傳言都是關於蛇的、狐的、山魈木怪的，也許在人們心目中，認爲牠們具有一種破時空的靈異性，超常拔脫現實囿境的能爲罷？另一些是關於盜匪、小賊、江湖人物，飄流的方外之士的，也許因爲他們會象徵著一種反抗，一種遁脫罷？那卻都是自己不能甚解的了。

罩鐘仍然嘀噠嘀噠的響著，在如此靜夜裏諦聽它走動的聲音，把它跟回溯融和，便產生了一種空前奇妙的感覺——如果摒除掉記憶中的一段海程，今夜的時間跟過往的時間，

原是逕行連接著或者根本是重疊著的。這座罩鐘和北方老宅裏的壁鐘的律動聲毫無二致，今夜和往昔受魘之夜，也毫無分別，只不過空間被一段綠荷葉似的波濤分開了，這裏是臺北市，不是故鄉的那座古城。

雯倩，妳真的長大了麼？早該經過做母親的年齡了，雖然並沒生男育女，說給誰誰會相信呢？過了三十歲年紀的婦人，仍沒能脫出孩童時代的魘境？

唯有自己知道這是真的，夢魘帶給自己的重壓，來臺多年未曾有一日稍減，真說是有什麼改變，只是空間和生活表態罷了。當年倒斗形的路燈換成了帶罩的日光管，北地的箱形馬車換成了流線型的福特，從搪瓷到塑膠，從鋁器到壓克力，從府綢到帝特龍，從風吊簾到電扇，緊跟著多種新型電器，新型機械的狂囂，改變的只是商人的玻璃櫥窗罷了。

要是有一隻佛手聞聞，那該多好！

經過這一段初醒時複雜的怔忡，雯倩總算把夢魘後的餘悸擺脫了。她舉手掠了掠披散的長髮，從髮茨間捏出零落的髮夾來，重新把兩鬢的散髮夾攏。

再沒有什麼事好做了，她無可奈何的搓著手。

她並非不喜歡夜晚，夜晚的風和葉的低語，花牆邊亂蓬蓬的薑花濃郁的香息，唱盤間旋轉出的如詩如水的音樂，淺淺淡淡的月光，都適合她沉靜溫柔的性格。但多年來鬧夢魘，鬧失眠的結果，把這些美好的都破壞了！只要夜燈初亮，她的心立刻就會敏銳起來，充滿驚疑和駭懼。不論是處身在人群擁塞的夜總會裏，或是高朋滿座的大客廳中，她會疑心每宗事物，每張人臉，雖然她仍能以理念控制住表面的行爲，使自己不會失態失禮，但卻總控制不了內在神經的、敏感的戰慄。

只有在白天，這情形才能略略平復些。

她就這樣愚騃的空坐著，睜著疲倦的眼，等待著白天來臨。人就是這樣，愈是急切的等待著什麼，愈覺得一分一秒的時間都流得特別的慢。一陣嘆噫的風把什麼帶到隔窗的樹葉上，沙沙沙沙地，準是落雨了，她下意識的伸手去摸摸膝上的緞被，那塊淡白的月光，已不知在何時隱匿了，雨聲愈來愈大，直至完全掩蓋了蟲吟。

雯倩睜大了眼，凝望著床尾那邊奶油黃的板壁，努力想整理一下自己混亂的思緒，但那是徒然的。由失眠造成的過度疲竭，把人的精神托在半虛空裏，雲飄著，霧湧著，怎樣的費力去思想，也都不著邊際。

多想想白天罷，最好只想明天。

仲生晚上回家，不是跟自己說過，明天要約請幾位知名的小說界和戲劇界的朋友來吃晚飯，好好的商討一下金人電影製片公司未來拍片的計劃的麼？趁這個時候安排一下菜單也好。

這樣胡亂的想著，一絲興奮的微笑便出現在雯倩憔悴的兩頰上了。自從搬到市郊之

後，自己就覺得這座宅子太空曠了些兒，也許是路程較遠，或是仲生有意的安排——怕打擾自己的寧靜心緒，所以每晚來客就減少了很多，其實仲生的顧慮，一點兒也不實際。

住公寓時，四周上下都有鄰家，屋子很緊湊，客人少些也不顯得冷清。如今這座宅子座落在山腳下的坡地上，不但宅子本身空曠，四周的園子更覺空曠，夜幕一張，就有一份清清冷冷的感覺；從客廳的落地長窗外望，影影幢幢的庭園花木，像無數披頭散髮的鬼怪，花木那邊城市中心的燈海，遠得像天腳的繁星一樣。……這樣的地方，每晚才該多有些朋友來聚會暢談的。

仲生這個人，雖說各界的朋友很多，但他從不把金錢的、商業上的俗務帶回家來處理，所以經常夜訪長談的朋友，多半是文學界、藝術界的人士。自己雖然很少當眾發表什麼意見，至少很樂意當一名沉默的聽眾，悉心的聽取他們對人生，對文藝，對社會的各種見解，聽他們那種無羈無絆的論調和縱橫的語音。

金人影業公司成立不久，拍片工作，聽仲生的口氣，也只正在積極的計劃籌備中，也許明天的這場非正式的晚宴，會替這新公司的處女影片催生罷？

罩鐘打了兩點，窗外的風雨似乎更急了，風把白紗的窗簾子盪得飄飄的，窗格子響著一串碎碎的搖動的聲音。……那邊的窗外悉悉索索響，彷彿是誰的腳步。不！越聽越覺那就是一個人的腳步。

雯倩本能地又用嘴咬住了指甲，——這不是夢魇，自己是在清醒中聽見窗外的腳步聲，輕輕的，悄悄的，鬼祟的腳步聲從長廊那端來，突然在那邊的窗下停住了，天喲！他竟然停住了？

比利爲什麼還不吠叫呢？

比利是經過訓練的守門犬，耳目極爲靈敏，在平常，甭說是小偷進屋，就是鄰宅有一絲不尋常的動靜，牠就會狂吠示警了。牠爲什麼還不吠叫？這疑問是多餘的，適才自己就斷定比利定遭這惡賊毒殺了。……偷兒們一定是早就把宅子內部的情形打聽清楚，然後才敢入宅的，他們嫌比利礙事，所以才蓄意下手毒殺了牠。

誰曾說過這樣的故事：一個孩子在後院子裏撿著一枚煮熟了雞蛋，摸著還是溫熱的，便把它拿著吃，做母親的見著了，覺得很蹊蹺，便追問孩子，蛋從哪兒來的？是鄰捨的阿姨給的？還是從陌生人那兒得的？孩子咿咿呀呀的指說是在後院裏撿得的，做母親的劈手奪過那隻蛋來，扔給狗吃，那狗吃了蛋，便死了，死時用爪刨地，雙睛暴凸在外面，耳眼、鼻孔都朝外流血，呲著白森森的牙齒，顯然是中了烈性的毒……說故事的人，堅稱那是發生在本地的事實，報上還刊載過爲此涉訟的消息。說是那孩子幸好沒咬及蛋黃，所以經過灌腸，還能保得性命，因爲劇毒都注射在蛋黃裏面，那是偷兒們毒殺守門犬時，通常使用的歹毒手段。

可憐的比利，牠是不會聽懂這故事的。

有一種不可知的極大的驚恐，隱匿在風聲和雨聲的背後，腳步聲消失了，也許在窗外，正有一雙睜得大大的賊眼，骨碌碌的朝臥室裏窺伺著。

是的，那雙賊眼在窺伺著，雯倩彷彿看見那雙眼就匿在紗簾的外面，又兇狠，又機伶。

嘀噠、嘀噠、嘀噠、嘀噠！

他一定得意著那隻閃著亮光的保險箱罷？一定瞧出自己這種駭懼的表情罷？他會不會用尖刀撥開窗子，像一隻餓狼似的跳進來呢？還是在窗外耐心守候著自己入睡呢？

嘀噠、嘀噠、嘀噠、嘀噠……

連罩鐘的聲音，都彷彿在戰兢的呼救了。

明明是清醒著，但叫這種突發的恐懼噤住了，有什麼無形的但卻極重的物體，把自己的喉管堵塞著不能呼吸。和夢魘有何不同呢？一樣是渾身冰冷，手足麻木，一樣是無法發出任何聲音，難道一個人醒著也會被魘住嗎？

但事實卻是如此的。

雯倩自己覺得，她自身的各部份都已死亡了，至少是陷入脫離控制的麻木狀態中了。她不能動一動她的胳膊和腿，不能動一動她的指尖和腳趾，但她的頭腦仍然像平常一樣的清醒著，眼也像平常一樣的睜著，在企鵝燈腹中流瀉出的幽暗紅光裏，臥室的一切景象都被她凝定的眼神攝取，涓涓流入她的腦中。

意識是清醒著並且活動著的，但總不能脫出僵硬麻木的身體，它已無法支配身體的一切活動，包括出聲叫喊，它反被身體拘禁著，活囚著，一無施展的餘地。

糟就糟在這裏了。

正因爲意識清醒著，接納外間一切的景象、動靜和聲音，也就無法排拒那些被喚醒的恐怖、疑惑、驚惶、焦灼、絕望等等的感覺，這要比朦朧中受魘更爲痛苦，更爲可怕。

雯倩的眼瞳，是一雙魔性的水晶球，凝固在臥房一角的焦點上，雖然在陰暗中仍顯著黃澄澄光彩的柚木小几，沿著窗腳的一排長長的矮腳椅，髹著帶金線白漆的梳粧臺，一隻立地的仿古瓷瓶，靜靜的羅列著，而那邊就是長窗，長窗外有一雙在意識中存在的賊眼，炯炯的注視著……這真是一種無比清晰的朦朧。

那雙賊眼！是的，那雙賊眼！在旋轉中進逼並且擴大，一如電影上的大特寫，黑亮的、貪婪而邪意的眼瞳放射出使人寒慄的光，這樣洶洶的追壓過來。

「呃……呃……啊……」

她內在的被阻塞的感覺，終於覓著了這樣一道缺口，洶湧的流瀉出來，變成了一種斷續的、亢銳的非人怪聲。她原是想喚醒仲生，叫出他的名字，但她痙攣的喉管在不隨意的

牽動中，只能發出這種連自己聽來也覺得恐怖的怪異的聲音。

幸好，這掙扎的聲音把仲生給驚醒了。他緩緩的側轉身，把企鵝檯燈拉亮，睡眼惺忪的朝這邊望著。

「妳……妳又魘住啦？雯倩？」

他伸手過來，搖著雯倩的肩胛，帶著憐惜的意味，替她把被頭朝上拉了拉，繼續拍著她。

「妳醒醒，醒醒，雯倩。」他說：「妳是看著什麼了？怎麼兩眼直怔怔地？嗯?!」

這是一股熱烘烘的安定的力量，把她從孤絕的境域中釋放出來。她發覺自己是醒著的，便無緣無故似的，嚶嚶啜泣起來。

「比利叫賊……給毒死了！」她泣著說：「我又看見一雙賊眼！在那邊！就在那邊！朝裏面望著，……我怕！」

仲生掉轉臉，緩緩的把室內環顧了一圈，又側耳傾聽了一會兒，便搖頭微笑起來。

「雯倩，妳準是犯了老毛病，叫魘住了。」他說：「哪兒有什麼賊？……外面吹風，又落起夜雨來了，也許妳睡得夢夢盹盹的，叫風雨聲驚嚇著了罷？」

雯倩哽咽著。魘境像日出後的殘霧，一絲一縷的飄散開去，清醒的意識顯露如水洗的藍天。爲什麼要平白的哽咽呢？雯倩搖頭，哽咽便停住了。

「這不是夢魘，我是醒著的。」

「醒有好久了？」他說。

「我不知道，剛入睡時確實是受了驚魘，」雯倩說：「好不容易驚醒了，怕出聲吵醒你，就沒再睡，支起枕頭半躺著，就聽見風，聽見雨，聽見廊下的腳步聲，明明是有人走過來，在窗口停住的，我想那是賊！」

仲生一面嗯應著，從匣子裏捏起一支雪茄，燃上火，舒發什麼似的噴了一口白霧。

「說起來該怪我不好，雯倩。」他認真的說：「妳的神經一向脆弱，老是過份的猜疑、恐懼、緊張，問起來，妳總不承認妳有病。我呢？外面事務忙，應酬忙，一直也沒把妳的病當成一種病，一拖就拖了好幾年……無論如何，妳長期這樣睡不好覺，再好的精神營養也吃不住這麼拖的。我想，明早我就該替妳去請位醫生了。要治，就徹底治一治，不是嗎？」

「甭亂扯了。」雯倩說。「這算是病嗎？我自小就這樣的，還不是長大了?!……常鬧驚魘倒是真的，鬧得人很難受，但我總不以爲是一種毛病。」

「我以爲是一種毛病。」仲生苦笑笑：「假如妳再像這樣的常常鬧夜驚，不但妳會弄成精神分裂，只怕連我也會變得神經兮兮的了。」

雯倩抬起哭泣過的眼，疚愧的望著仲生；她知道仲生說的只是事實，並沒有抱怨自己

的意思，由於自己常鬧夜驚，影響仲生的睡眠，這情形也不只一天了。他是個大忙人，外間那些繁雜的事物，都得靠充分的精力去處理，這樣影響他，也實在不是辦法。但她仍無法懷疑自己，那沿廊而走的腳步聲，不該是自己的幻覺。

「真的不會有什麼賊的，」仲生套上拖鞋，匆匆的束緊睡袍的帶子：「看樣子，我不出去看看究竟，妳還是安不了心。」

「啊！不，不要，仲生。」雯倩慌亂的說。

那雙賊眼仍然存在著，彷彿藏匿在她感覺邊緣，飄飄忽忽，游游移移的和若干絲狀的聯想牽結在一起。想像中的偷兒是狡獪的、敏捷的，他們手上總是抓著短刀或扁鑽之類的兇器，他們既沒進屋，仲生是不該去驚擾他們的。……她一把沒抓住他，仲生業已趿著鞋，踢踢踏踏的開門走出去，拍的一聲，廊燈被開亮了。

她赤著腳跑到長窗前，拉開紗簾和槅扇，院子裏映著燈光，仲生站在空寂無人的廊下，抬臉朝自己笑著，風把紗簾子兜得拂打著自己的肩和臉，細雨的晶絲，在燈光裏斜走著。

「什麼全沒有，地下也沒有溼腳印兒。」仲生說：「這妳該放心了罷？」他習慣地一擊掌，叫了一聲比利，那條狼狗便從黑裏出現，親密的搖著尾巴。

「回屋裏來罷，仲生。」雯倩隔窗叫說：「外面風大，當心著了涼。」

他揮開比利，掩上走廊的門，退回臥室來。

「也沒人毒殺比利，妳見著了。」他說：「這夜晚原是安安靜靜的，什麼事情全沒發生過。」

她淡漠的點了點頭，一切的懸疑掛慮都沒有了，一切又都恢復正常了，但她反而覺得生命裏邊有什麼被割斷了，形成一種空空盪盪的痛苦，這痛苦甚至超過受驚魘的痛苦。多少年來，她在夢魘的諸種情境中活著，那些情境，對她構成一種巨大的壓力，她已經長久的習慣了這種壓力，這壓力一旦短暫的消失，她的生命內部就產生一種真空，無邊的空盪，無盡的飄浮，使她不知如何是好。

無論如何，仲生不會想到這些。從初識到如今，仲生確是深愛著自己，雯倩體會得出，仲生一向是個粗枝大葉的人，一個缺乏細膩的深度的喜劇型的人物，是很難從心靈深處領會對方內在痛苦的。自己在夢魘中的境遇，在仲生眼裏，既不誇張，又不夠「戲劇」，與其詳細的陳述，還不如沉默不言，何必爲他眉上硬罩一層陰影呢？

這樣想著，雯倩便不說什麼了。

「……一個賊，嗯？……一個賊爲了垂涎一家的財富，設計去毒殺一隻守門的狼狗，唔，……這倒是非常戲劇的題材。」仲生自言自語的說著，忽然又停住話頭，搖著腦袋，用否定的語調說：「不，不……這種題材，在西方電影裏常見，這……缺乏創意，……缺

乏創意。」

做妻子的悄然噓了口氣，她體諒到丈夫的心情，——為金人公司第一部產品催生時所懷的緊張、沉重而又焦灼的心情。他近些時，總愛抓住生活中每一零星的事象和感覺，把它們和他的戲劇題材聯想到一起。

「我不該驚醒你的，仲生。」她歉然的說。

「哦，哪裏……只要妳能安心入睡，那就好了！」仲生收回他一刹游離的思緒，溫情的笑著：「聽我的話，什麼都不要去想，好好的睡罷，明早我就去替妳請醫生去，妳不要固執，把妳的情形，跟醫生談談也好。」

她回床去，仲生過來坐在床邊，小心地替她拉好被子，變了燈，她不忍拂逆他的意思，只有假裝著閉上兩眼，讓黑夜在她睫上漫漫的流著。醒著，也彷彿是夢著，醒著又何異於夢著？一點一滴的回思，一絲一縷的情境，飄過來，盪過去，盪過去，又飄過來。從西門町到福隆浴場，從現代飄回古典，從人聲的潮水到自然的潮水，真真幻幻的總不分明。

雯倩！雯倩！妳睡著了……仲生的聲音在耳邊響著，帶有幾分安慰的嘆息，然後，他又吸起雪茄，繞床踱步，她全聽著。

她在渾噩的夢境的邊緣醒著。

風雪季

一、混亂

民國十八年的豫西南山野，軍閥盤據的局面崩潰了。革命軍收復了銅山，還沒有入豫，時局青黃不接，地方的宵小乘機興風作浪，聯合山匪，拉起桿子來橫行。

當時幾股大桿匪，有紅纓槍張八、黑虎涂勝、賽白狼陸老古等人。這些人一個個都是紅眉毛綠眼睛的凶神惡煞；他們短截行人，攻掠村鎮，擄取肉票，把一般百姓逼得難以苟活。這時刻，鄉野人們為了自保，不得不紛紛成立鄉團，拉起聯莊會來對抗他們。

這些山野地方，民性剛強勇猛，桿匪雖然勢大，但民團的實力也是夠強的。在雙方不斷興起的衝突中，鄧縣地方，有一股民團崛起了。領著這股民團的首腦叫鄧從吾，是豫西有名的拳術家，三十六七歲年紀，人長得挺精瘦的，但行動輕靈敏捷，普通漢子，一二十個人也近不得他。

鄧從吾初練民團時，民團的槍械極差，和擁有機槍的桿匪根本無法相比，但他對那些團勇說：

「咱們全是為了保家保產，才拉槍抗禦桿匪的。各股桿匪歹毒成性，不抗他們，咱們一樣活不成！大夥兒先得想通這一點，桿匪也是血肉人身，他們一樣怕死，咱們只要肯拚

命，就能一一剿滅他們。」

「命倒不怕拚，鄧爺。」有人說：「咱們的槍械太差，遇上大股的桿匪，怎能抗得住呢？」

「這倒不要緊，」鄧從吾說：「我是練拳的人，我可以教你們拳術。當然囉，拳術再好，也擔不了子彈，但那只是一般的說法；假如咱們會耍刀，會施槍矛，和桿匪貼近了，咱們所佔的便宜可就大了！」

大夥兒想想，鄧團總的話確有道理，在無法大批添置械彈之前，也只好苦練拳術來增戰力了！

這時候，鄧從吾所領的民團有三四百人，屯在滿河與新照河叉口的駱莊寨附近。每天清晨，他們都在操練拳腳和刀法，準備和桿匪拚命。正好當年秋天，屯在石佛寺的桿匪紅纓槍張八那股人，引眾南下，連破晁家坡，宋營和黑龍廟幾個集鎮，更想乘機洗劫鄧縣縣城，但桿匪的前路，被鄧從吾的民團給擋住了。

紅纓槍張八手下的桿匪有一千多人，一部份是亡命徒，一部份是北洋的散兵游勇。他們氣燄囂張，那會把鄧從吾這支民團看在眼裡?!不過，張八是個老江湖，早年就聽說鄧從吾這人不是好惹的，他便叫他的隨身護駕，向鄧從吾遞了個帖子順帶幾句口信，請鄧從吾讓出路來，讓他渡過滿河去取鄧縣。

那個護駕敢情是受了張八的囑咐，在鄧從吾面前顯得很恭謙，開口閉口鄧大爺，他說：

「咱們頭兒久慕鄧大爺的名，曉得您是俠氣人物，不願跟您起衝突，您只消退一步，讓開河口，就萬事皆寬了，等咱們捲了縣城，自會備禮來謝您的。」

對桿匪這種要求，鄧從吾冷笑笑，回說：

「你回去跟你們張八爺說，多謝張八爺他用眼梢刮著鄧某，但我一向不識抬舉。咱們縣裡鬧荒，如今，家家只賸下糧種了，若是糧種不種下田，一冬一春，會熬死上萬人，請他張八爺高抬貴手，見好就收吧。假如他硬要搶縣城，他得從鄧某的屍首上跨過去，——有他就沒有我！我想，我這話該說得夠明白了！」

鄧從吾把話回絕，送走了張八的護駕之後，立即召聚團勇說：

「紅纓槍張八一路上踹開集鎮，沒遇到對手，我今天不吃他這一杯，他準會在明天動手，來攻駱莊寨和叉河口。以對方的實力，咱們只有一個機會贏他，那就是利用今夜，趁他立腳沒穩的時辰，全力猛衝他的窯垛子，拆掉他的架子山。咱們只要能打垮張八，其它各股桿匪便有了忌憚，短期不敢輕犯鄧縣啦！」

這些團勇久經訓練，對鄧團總極有信心，他們也知道紅纓槍張八的厲害；他一路捲州劫縣，沒有誰能擋得住他的馬頭。駱莊寨和叉河口，地勢險要，正扼著縣境的咽喉；此地

一破，全縣都將遭桿匪蹂躪了。於今之計，只有豁命保命，依照鄧團總的方法，奮力殺賊了。

事實上，鄧團總的看法極有道理，若是按照一般方法，扼地死守，讓紅纓槍張八那股桿匪架起機槍，佈妥陣勢來進撲，那，民團的血肉之軀，決抵不住桿匪硬灌。非得趁土匪沒有站穩腳步時，一鼓作氣的撲襲不可。

鄧從吾是在這裡土生土長的人，這一帶的地形地勢，他比誰都熟悉。紅纓槍張八那股桿匪，屯在滿河東岸的丘陵地上，那裡有幾個貧困的村落，被張八和他手下的頭目們佔據了。他們完全沒以爲鄧從吾的民團會涉水渡河來襲擊他們，所以，他們大模大樣的胡亂屯紮下來。

黃昏時分，他們埋鍋造飯行野炊。張八照例叫護駕替他抖開褥子，設妥鴉片煙燈，歪身躺下過老癮。頭目們燃起燈火，呼么喝六的開了賭；有些桿匪抱著酒罈子，喝得醉醺醺的，打算明早攻撲河對岸的民團呢。誰知道這當口，鄧從吾業已領著民團，準備出發了。

當夜三更天，桿匪在樹林裡或村落附近的，都已你依我靠的睏著了。留下少數把風望哨的，也都三三兩兩團在一堆，醉軟了身子。這時刻，驀地裡殺聲四起，民團就湧上來了。

這些窮凶極惡的桿匪，平素攻撲鎮寨，全仗著人多勢眾，槍精火足。一般的地方團隊，確實不是他們的對手；因而，也把紅纓槍張八養得驕縱了，認爲他是無敵的大王。等到他被殺聲驚醒，這才曉得遇上了煞星。

黑夜裡，桿匪沒曾戒備，有些還沒來得及揉睜兩眼，業已被刀鋒劈中了；有些摸著槍，但看不見人，只有朝空裡亂放壯膽。在這種貼近身混戰當中，苦練拳腳和刀法的民團，便顯出極大的威勢來。鄧從吾自率一隊人，直撲村落，他估量著張八和他的頭目們一定把窯垛子設在村裡。俗說：擒賊擒王，只要把張八給攫住，桿匪就崩潰了。

張八的護駕，一共有卅多人，一挺機槍和十多支駁殼槍。而他那挺機槍，還沒張嘴，已被鄧從吾逼住繳了械。卅多個護駕窩在一棟屋裡，當時就被解決了二十多，還有幾個踢開後門跑掉，把張八扔開不管了。

當紅纓槍張八趿著鞋，抓了一支小型手槍出來，罵他的護駕怎麼不響槍時，麥場外一圈火把照著他。有人在他背後說：

「張八，你把槍給扔下吧。今夜晚，你已經栽定了！……你的護駕都繳了械啦。」

「你是誰？」張八說。

「我就是不識抬舉的鄧從吾。」那聲音說：「你趁今夜見識見識也好，——你沒有明天啦！」

那一夜，民團的突擊，可以說是戰果豐碩。桿匪橫屍近兩百具，被俘的有四百多，另

外的一半在黑裡潰散掉了。桿匪頭子張八，當夜被押回叉河口，解送到縣城去問了死罪。

這一戰，使整個豫西南震動，一般的地方團隊尤其興奮；因爲，鄧從吾所率的民團既能擊敗桿匪，他們當然也能抗得了桿匪的掩襲了！

鄧團總襲破紅纓槍張八這股桿匪之後，他的名聲更加響亮起來。鄧縣左近的散股人槍，紛紛望風來投；他們都是慕鄧從吾之名，嚷著要跟鄧大爺清剿各股桿匪，安靖地方的。

有了這些人手和槍枝的投效，加上收繳了桿匪的部份槍械，鄧從吾的這支團隊，很快的就壯大起來。他不再採用消極的防守方法，而改採主動，廣佈耳目，打聽到桿匪在哪兒屯紮，他就把大隊拉出去撲襲。

鄧從吾不光是個嫻習刀劍拳腳的武人，他自幼進塾攻書，學識頗具根底，也常讀兵書韜略，用起兵來，奇正呼應，使桿匪防不勝防。在新野縣的郊原上，他擊敗了賽白狼陸老古；陸老古手下有一股人，據守在一座堡子裡頑抗，鄧從吾把他們包圍後，使用火攻，那些桿匪連一個都沒活得出來，不過，賽白狼陸老古帶著大部份匪徒逃遁掉了。鄧部的民團並沒有窮追，他們割下那些被火燒死的桿匪的首級，用籮筐挑回鄧縣去，一共挑了十八挑，遠看像挑黑皮西瓜一樣。

秋九月裡，鄧從吾追逐另一股桿匪──黑虎涂勝那一批傢伙到內鄉縣境，涂勝中彈，廢了一條胳膊，一路發恨聲，發誓要殺鄧從吾報仇。

這三股勢力最大的桿匪，原先經常爲爭奪地盤互鬥不休，但當形勢逆轉時，他們便一致計算如何對付鄧從吾了。紅纓槍張八伏誅後，他的殘部群龍無首，被賽白狼陸老古收編了。陸老古叫人寫信送給黑虎涂勝，希望能跟涂部聯手，拉成一大股人槍，和鄧從吾對抗。

黑虎涂勝是個沒腦筋的粗人，當真應約去會見陸老古。誰知賽白狼這個傢伙陰險歹毒，當場窩住黑虎涂勝，逼著涂勝喝毒酒自殺，然後替涂勝舉喪，對外宣稱涂勝是醉死的。這樣一來，到了入冬的季節，桿匪都歸併到賽白狼一個人的旗下，陸老古儼然以豫西南桿匪的總頭目自居了。而陸老古籠絡各部的口號只有一個，那就是襲殺鄧從吾，瓦解他的民團。

「你們都是吃過姓鄧的虧，應該曉得他的厲害，」他召聚各股裡上百的小頭目來，發話說：「只要有鄧從吾和他的民團在，咱們就甭想有舒坦日子過，……他正在日日夜夜的計算著咱們呢！咱們無論如何，也要把他放倒，否則，在豫西，咱們就站不住腳了。」

「陸大爺說得對，」賽白狼手下的二駕（即副首領），外號人稱花皮的薛逢時說：「如今各地水渾，正是咱們吃香的，穿光的，喝辣的好時刻，鄧從吾這條攔門狗，把咱們

財路擋盡了不說，還殺了咱們上千的兄弟，咱們光是爲算這筆債，也非搠他幾百個血窟窿不可。」

群賊當然記恨著，吵吵嚷嚷的都在發狠，要把鄧從吾從地上拔除掉。但也只是嘴頭上空嘈空嚷，鄧從吾不在這裡，他們仍然過著荒唐的日子，用擄來的肉票換取錢財和糧食，縱情的酗酒賭博。有些略具姿色的花票，除掉少數烈情烈性的，也都成了桿匪臨時的姘婦；也有些被糟蹋過的婦女，沒有臉再回去，索性拒贖，願跟桿匪過日子。而桿匪的總頭目，賽白狼陸老古，在這方面更是夠瞧的。

賽白狼陸老古，在各股桿匪頭目中，是個最富傳奇色彩的神秘人物。早先他在賭場裡幫人打雜，他年輕、頭腦靈活，很快便摸出各式賭博的門檻兒，也沉迷到賭博裡去，變成了賭場養活著的郎中。

有一回，陸老古對一些江湖上的人物動手腳，被人識破了，不但砸毀了那家賭場，更把陸老古拖出去，拳足交加的狠狠毆打一頓，打得他頭破血流，遍體鱗傷，那些人還不夠洩憤，把他拖到墳場裡去，說是扔了餵野狗。

當時很多人都以爲陸老古死了，準備第二天替他收屍埋葬。誰知第二天趕到墳場去看，屍首沒了，連殘肢臏骸也沒有找到。有人以爲是被野狗分食掉了，但野狗分食死屍，絕不會那樣乾淨，至少會拖得遍地血跡，留下一些骷髏的。既不是被狗吃了，陸老古會被弄到哪兒去了呢？當時沒人知道。……

一年之後，被人以爲死去的陸老古又活著回來了。他跟人說起那夜的情形，說他半夜醒過來，覺得渾身上下像火燒般的疼痛，滿嘴乾渴異常，他便死命撐持著爬出去，想找口水喝，爬到路上，又暈厥了，幸虧遇上一個推車走夜路的老農戶，聽著他的呻吟，把他抱到車上，一路推回去，替他養傷調治。他復元後，不願再回到賭場來，便投到桿匪李二麻子旗下去，當個起碼的甩手強盜。李二麻子瞧他長得清秀，腦筋靈活，撥他到票房當差，跟看票的大爺拎匣槍。

也算陸老古走了時運，他跟著李二麻子幹，李二麻子恰像上竄的竹筍，節節高。他橫行好幾個縣份，沒人敢擋他的馬頭。李二麻子神氣，跟他幹的人，當然也都神氣起來了。年輕的陸老古騎著一匹搶來的騾子，腰裡插著匣槍，再不是在賭場幫閒的小廝，而是混世的大爺了。

光是這樣，陸老古上竄也竄不了那麼快。有人說，他能這樣得勢，完全和交桃花運有關。因爲桿匪的票房，靠李二麻子所住的地方很近，李二麻子有個義女李金桃，人長得平臉塌鼻，庸俗無奇，她是自幼就被李二麻子從馬蹄下面撿回來養活了的。那回，李二麻子馬踏金家老寨，火燒村舍，殺光寨裡的男女老幼，最後忽然心血來潮，撿回這麼個女嬰，替她取個名字叫李金桃。李金桃這丫頭在匪窟裡長大，接觸的都是莽悍的桿匪，因而，也

養成了她任性霸道的性格。她玩得長短槍枝，騎得狂烈的騾馬，比拳腳，論力氣，都不輸於男人，一手飛刀，更有出奇的準頭，旁人便送她個外號叫「小金刀」。

小金刀長到廿一歲，還沒有著落，一來她的面貌醜，二來她的脾氣暴。李二麻子手下的那些頭目都怕她，避之唯恐不及，誰願去沾惹她？……其實，這顧慮是多餘的，他們看不上小金刀，小金刀更看不上他們。正巧遇著了新來不久的陸老古，小金刀一眼就看中了他。

年輕的陸老古很有心機，他並不嫌小金刀面貌平俗，兩人很快就要好起來。李二麻子正為小金刀的婚事著急，一見陸老古這小伙子長相不差，人又聰明，便出面作主，把小金刀許配給他。從此，陸老古成了李二麻子的女婿，在這股桿匪當中紮了根啦。當然，有了這層關係，李二麻子立刻就加意提拔，使陸老古做起看票的大爺來。

陸老古不但對李二麻子恭敬有加，即使對老婆小金刀，也鞠躬盡瘁。桿匪的票房是財源重地，陸老古盤帳盤得非常精細，又有條有理，使人一目了然，不但李二麻子沒口的誇讚他，那些重要的頭目，也都推許他確實是塊好材料。

一年的冬天，李二麻子的一股人和駐軍開火，二麻子親自領人上前衝殺，被對方的流彈打死了。桿匪搶回他的屍首，把他運回南陽下葬。二麻子一死，桿匪幾個大頭目為首領繼承的事大起爭執，結果是誰也不服誰，形成了難決的僵局。有人眼看這樣僵下去，便會散夥，就拿主意說：

「小金刀姑娘是首領的女兒，咱們擰股兒勢大力強，總比分散了被旁人吃掉好，咱們就舉她爲頭，把局面撐持著再講好了。」

就這樣，小金刀便繼承她義父二麻子，做起桿匪的女首領來。小金刀做首領，只是做幌子，事實上，若干主意，都是陸老古拿的。陸老古在小金刀的眼裡，是個忠實可靠的丈夫，那時候，他仍替小金刀管票房，一文錢的帳目都沒出過岔錯，各股人擄送來的花票，他連正眼瞧都沒有瞧過。小金刀做桿匪首領，前後有四年，陸老古都沒有爭過權，只是在暗中幫他妻子拿主意。他越是這樣，手下各重要的頭目對他愈有好感。

有一回，這股桿匪想吞併另一股桿匪，小金刀親自臨陣，被人一槍打下馬來，一隻腳陷在鐙裡，被馬拖了幾里地，整個頭顱都碎裂了。她死後，陸老古才被群盜推爲新的首領。

陸老古起家的經歷並不複雜，不過，卻有多種不同的說法。有人說他被官裡捉去動過刑，是小金刀冒險把他搭救出來的；有人說，小金刀負傷落馬那一回，陸老古同時也受了槍傷，總之，他死過好幾回都沒死得掉，他像貓一樣，有九條命在身上。

當鄧從吾的民團和賽白狼陸老古相對的時刻，有關賽白狼的各種傳說，更在鄉野間流傳著。很多人相信這些傳說，都擔心著鄧從吾是否能把他除掉？

「我是從來不信邪的。」鄧從吾說：「就算他陸老古真有九條命在身上，等他死到第十回的時刻，他也該死定了！」

不過，賽白狼陸老古並不相信鄧從吾真有這麼大的能耐。他認爲，當初鄧從吾擊潰紅纓槍張八，打敗黑虎涂勝，和擊破自己的垛子窯，全是桿子上的傢伙太粗心大意，沒有防備的關係。自己如今把三股捻合爲一股，人槍實力比早先增強了很多，只要專心一致的對付他，姓鄧的也未必就有致勝的把握。

十月間，賽白狼把他的桿子又拉回來了，在鄧從吾民團屯紮處——駱莊寨和叉河口不遠的地方盤紮下來，完全是一付挑釁的味道。這時候，賽白狼是窮奢極侈的，他騎的一匹烏雲蓋雪馬，用的是金打銀裝的馬鞍，馬勒上嵌著七粒光閃閃的寶石。他要手下到鄧縣擄花票，擄來後，不准贖人，全留下薦枕，那意思很明顯，就是要激得鄧從吾領兵出來打他。

「我它媽倒要看看，姓鄧的是否真有三頭六臂九隻手！」他放話說：「老子在等著死第十回呢！」

鄧從吾早就打聽著這些消息了，但他也有他的苦惱；一秋的大旱，使稼禾歉收，不單鄧縣一地，整個豫西南各縣也都在鬧荒，即使他帶領民團，能夠戰勝賽白狼所統的桿匪，但在雙方糾纏不歇的時刻，鄉野的農戶就會遭殃。在他認爲，寧願追寇追至窮山斷谷，野曠無人的地方，雙方決鬥，對民間沒有什麼影響。而賽白狼陸老古看透了鄧從吾的心思，偏偏引眾來到地狹人稠的地方，使鄧從吾增加了顧慮。

鄧從吾苦苦思量過，除滅陸老古這股桿匪，若想立即擊潰他們，只有一個法子，那就是使用極少數的敢死之士，冒極大的風險，化裝混進匪窩裡去，再暗中連絡妥當，以迅雷不及掩耳的方法，一舉擒獲盜魁陸老古本人，就可以使桿匪瓦解了。爲此，他在各處廣佈耳目，打聽關乎桿匪的一切動靜，以及陸老古本人的生活情形。

當時，賽白狼陸老古的垛子窯，安在荆棘崗子一處寨子上，那寨子地勢險要。陸老古居住的地方，在寨子中間，一家莊主的宅子裡，四周圍一圈兒石牆矮屋，他的一百多名佩有長短槍的護駕拱衛著他。陸老古是個癮君子，平常很少出來，總是橫躺在煙舖上，雲中霧裡的過日子。

在那宅子裡，陸老古的日子是荒唐淫穢的。據說伺候他的女人，一共有二十多個，大多是他從擄來的花票中挑揀出來的，不論是燕瘦或是環肥，每個女人都有出色的姿容。他吸煙，要女人們替他捶腿捏腳；他入睡，要女人們輪流陪寢。而他對待女人的手段，極爲嚴酷無情，若有誰惹惱了他，或是不得他的歡心，他習慣的處罰方法，總愛把對方剝得精赤條的，綑在將軍柱上，由他親自動手，以溼了水的皮鞭猛撻，他不是要取對方的性命，

而是愛聽女人婉囀嬌啼和哀聲討饒。有些時，他會變花樣，把女人關進馬棚裡去，讓烈馬蹴踢她們，以滿足他變態的虐狂。

對於賽白狼陸老古的性格，鄧從吾也費心研究過，他知道賽白狼陰冷，有耐性。從他早期出道的經歷看，他確是忍到了家，寧願在小金刀褲襠裡過日子，也沒把謀取首領地位的野心暴露出來。但賽白狼貪淫好色，喜歡旁人奉承，卻是他致命的弱點。通常，只要有人領著人槍去投降他，只要當面替他戴高帽子，他沒有不收留的，他總愛以槍枝和人數誇張他的實力。希望他這股人，像斜坡上的雪球一般，一路不停的飛滾，越滾越大，好把鄧從吾給壓死。

當然，想混進匪窟，就得利用賽白狼的弱點才行。鄧從吾智多謀足，正選中這節骨眼兒上下了刀啦。

二、智破荊棘崗

落濃霜的天氣。

屯紮在荆棘崗一帶地方的桿匪，爲了奪取足夠的柴火糧食過寒冬，便積極的準備著，連夜出動，有的灌寨子，有的劫村莊，牽取牲口，馱運糧食，擄押肉票，限期勒贖。賽白狼通告那些肉票的家屬說：

「咱們人多，一冬需得不少糧食，你們若不在入冬時籌足贖金，把人給贖回去，到明年再贖，只怕還賸下些吃賸的人肉乾兒了，——咱們是頗好人肉的。」

有了這種恫嚇，可把贖票的人害苦了。年景本就荒歉，家家戶戶缺少餘糧，甕底朝天，賽白狼開出來的盤子，又都是獅子大開口，即使能向三親六故張羅到足夠的錢或糧，把肉票贖回來，也就傾家蕩產，難以為活了。其中大多數的人家，即使刨起底財，也湊不足桿匪開出的價碼。他們曉得賽白狼心狠手辣，說得出，做得到，一過限期，非撕票不可，心急得像被扒開，但也沒有辦法，只能關起門來，闔家抱頭痛哭罷了。

賽白狼手下的馬隊，把荊棘崗子附近十餘里的地方都捲劫一空。當天氣愈來愈寒冷的時刻，只有桿匪屋裡有火，袋裡有糧，陸老古在這時張出帖子，公開招募人投奔他來拉桿子，好對付鄧從吾。

按常理來說，一般鄉野地上的良民百姓，寧可餓死，也不願去當桿匪。依照流傳的說法，說是哪一家有人去當桿匪，他家的家祖亡魂，會在家前屋後嗚嗚的哭上三夜，認為那是羞辱祖先的勾當，誰願意自甘墮落，辱及祖先呢?!……若說因此就沒有人來投奔賽白狼，那也不一定。有些地方上的霸爺和混混兒，也會說動一些半樁小子，前來入夥，他們沒作長遠的打算，只管把眼前這個寒冬熬過去再講。

賽白狼對於這些沒帶槍枝來投效的人，沒有什麼胃口，他稱這些人叫「混飯的」，對他們老實不客氣的說：

「你們這幫混飯的，甭以爲老子這兒飯香！咱們雖然做的是沒本買賣，但鄧從吾卻是咱們的血對頭，咱們都是要跟他拚命的，日子上陣，我要你們徒手奪槍，若是沒這個本領，沒這種膽量，你們趁早替我滾，免得老子火上來，拎出來斃人！」

即使有人願意留下，賽白狼也不給他們便宜飯吃，將這些徒手分配到粗差賤役的位置，叫他們擔水，砍柴，餵牲口，運重物，或是撥去伺候各股小頭目。但他對於會幾套拳腳，或是攜帶槍枝來入夥的，那就另眼相看了。這正合上俗話所說——王小二開飯店，按照人頭對湯。

一天薄暮時分，落著陰陰的冷雨，賽白狼陸老古正在煙舖上和他寵愛的女人聊天，貼身的護駕跑來報告他，說是外頭有個人要見他。

「你說他只是一個人？」陸老古皺眉說。

「是的，大爺。」那護駕說。

「他敢情是帶傢伙來的。」

「沒帶傢伙，」那護駕說：「那人一把年紀了，人長得很瘦弱，看來不像是幹咱們這一行的材料。他說：當年您在賭場幫忙的時刻，他見過您的面。」

陸老古想不起他是誰來了，但對方既然這麼說，總算是老相識了，他便點點頭說：

「好吧，你叫他進來講話。」

護駕把那人領進屋，陸老古一看，那人長得很瘦弱，兩腮都餓削下去，黃色的臉皮一把抓不盡的皺紋，光景有五十歲了，走路顛顛躓躓的，一條腿顯得很不靈便，他穿著寬大得四面不貼身的棉袍子，肩上揹著油污污的褡褳。陸老古橫看、豎看，仍然不認得，更記不起究竟在哪兒見過他的了?!他皺著眉還沒開口呢，對方卻搶著抱拳作揖，一躬到地的開口笑說：

「陸大爺，您如今發達啦，怕早已不記得我了吧？我是看相的趙六指，人都管我叫趙鐵嘴，當年也在賭場上待過，……上小賭局；那時候，我就看出您日後有發達來啦，果然您當上了瓢把子，足見我相人沒相錯呀！」

陸老古望著那相士，他實在認不得了。事隔多年，誰還會記得什麼半仙鐵嘴之流的人物？不過，他平常多少相信命運，能有個相士在這時陪他聊聊，也許能有一番新的話題，寒夜太寂寞了。

「我說，霜寒雨冷的，你能來見我，也是難得。」陸老古抓著煙槍：「我猜你還是餓著肚子吧？來人，擺茶几，替俺這位朋友，弄點熱茶飯來，塡塡肚子。」

「多謝陸大爺，您真比我的相面還靈，猜準了我肚子是空的。」趙鐵嘴說。

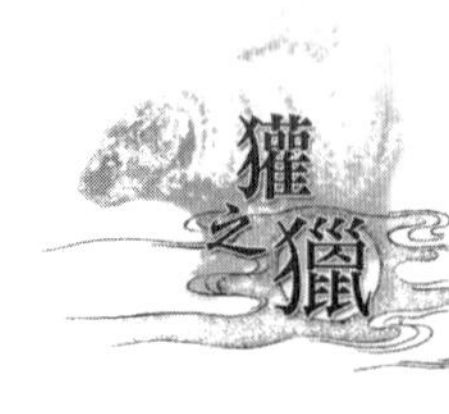

一餐熱茶飯，把瘦弱萎頓的趙鐵嘴塡得精神起來了。陸老古把他央上煙舖，跟他聊聒，問他是打哪兒來的？趙鐵嘴說：

「啊，陸大爺，說起來可遠了，我是打江蘇銅山一路斜行過來的。」

「你說銅山？」陸老古怵然一驚說：「南方的什麼革命軍打到那兒，你想必是見過了吧？」

「當然見過了。」趙鐵嘴歪過身子，很神秘的說：「我說陸大爺，革命軍一進河南，水就清啦！人不能不早作打算，若能撈一票大的，就此散夥，遠走高飛，下半輩子不愁沒有日子過，倒也是個好辦法，——據一般看法，混水淌不了多久，頂多還有半年罷了。」

「這我並非沒想過。」賽白狼說：「但我到哪兒去撈大油水呢？一個鄧從吾的民團，緊緊扼著我的頸子，擋住我東進的去路。豫西南是一片窮荒之地，年景又差，把各村寨的傢伙骨頭榨乾了，也滴不出多少油水來。我就想抽身，也抽不了啦。」

「您要想拔掉鄧從吾，倒不是一宗難事，」趙鐵嘴就著燈光，抬臉打量著賽白狼說：「看陸大爺您臉上的氣色，目前得先略略按捺三兩個月，也就是說：熬過這一冬，到開了年，一切就不同啦！明年是您的轉運年，可說是無往不利，那時候，甭說一個鄧從吾，十個鄧從吾也擋不住您的馬頭啦。」

趙鐵嘴的一張嘴，果真是名不虛傳，不管是談天論地，數算流年，都滔滔不絕，顯出他見多識廣來，賽白狼陸老古被他說得顏開心動。在談及趙鐵嘴的來意時，那相士毫不隱諱的說：

「陸大爺，我在豫西聽人說，如今您發達了，我趙鐵嘴滿肚子主意，沒人肯聽我的，想想，莫若投奔您討碗飯吃，也許在您對付鄧從吾的時刻，我多少能幫上一點忙，肯不肯收留我，全在您啦。」

「你說哪兒的話，」賽白狼笑呵呵的拍著對方的肩膀說：「像你這種智多星，若不是機緣巧合，只怕我放八人大轎去請還請不到呢！」

趙鐵嘴就這樣在荊棘崗子留下來了。

賽白狼陸老古雖然殺人不眨眼，兇頑成性，但他對於這位鐵嘴相士，卻是寵渥有加，幾乎到了言聽計從的程度。趙鐵嘴出主意，慫恿陸老古繼續張出帖子去，招兵買馬，凡有攜槍來投的，除了給予小頭目的名份之外，更撥出現洋作為花紅獎賞。

帖子張出去不久，就有好幾批人前來投奔他，其中有一批七個漢子，牽著兩匹健騾，帶著刀槍把兒，以及兩個梳長辮子的姑娘，夤夜來投，說他們原是江湖賣藝的班子。賽白狼陸老古把這批人收留下來，要他們亮亮招式，顯顯武藝。這些人一亮招，賽白狼便看出他們全是練家，不光是花拳繡腿。趙鐵嘴在一旁看了，豎起指頭誇讚說：

「陸大爺，這全是老天爺要成全您吶！開了春，咱們拉出去和鄧從吾對陣，正需要會拳腳的人做幫手，你多挑選些這類的人來護駕，那就穩如泰山啦！」

天落頭場雪，正當賽白狼陸老古大肆吸收人槍，洋洋得意的時辰，有人來傳報說：

「大爺，鄧從吾帶著他的民團，接近荊棘崗子了！」

陸老古一聽，燒了一頭火，拍著桌子罵說：

「鄧從吾這傢伙，可不是硬騎著人頭拉屎嗎？老子想讓他活過這個冬天，他偏偏要來送年禮！」

「冬天有霜雪，利守不利攻！」趙鐵嘴說：「鄧從吾這回拉槍過來，一定會速戰速決，您不必動火，佈妥了陣勢耗他，弄得他人無糧，馬無草，他就非撤不可。到那時，咱們乘機追截他，他逃得了頭，還逃不了尾呢！」

「對！我就採它個『耗』字訣兒！」賽白狼說。

賽白狼的耗字訣兒並沒錯，錯卻先錯在裡面；當鄧從吾的民團進撲荊棘崗的時候，黑裡有人反出來了。趙鐵嘴和新投效桿匪的那些漢子，十有八九都是鄧從吾差出來臥底的。按理論，這都是賽白狼常用的方法，民團全學去了，反過來對付賽白狼來啦！

事情發生得太突然，連賽白狼的那些護駕都沒弄得清楚，荊棘崗子就起了火。有人大喊著：

「民團打後邊衝進來啦，快逃啊！」

黑地裡，也有人大喊活捉賽白狼的。

護駕們拎著槍奔跑，到處亂成一團。火光裡奔來跑去的，都是自己人，沒誰見著民團在哪裡？但這些自己人都是會變的，好些護駕都在脊背上挨了刀，臨死還瞪著兩眼，有些驚詫不信的味道。

在一片混亂當中，鄧從吾的民團真的壓進崗子來了。不過，雙方都沒找到賽白狼陸老古，在他的煙榻上躺著一個人，那卻是相士趙鐵嘴。

荊棘崗子雖然被擊破了，但瓢把兒賽白狼卻在危急關頭殺死趙鐵嘴，神秘的跑掉了。

「這傢伙真有九條命嗎？」鄧從吾說：「我非趁著他新敗的時刻，把他追緝到案不可，如果讓他有喘息的機會，他會死灰復燃的。」

三、追蹤

賽白狼陸老古的那股桿匪的窩巢——荊棘崗子，被鄧從吾擊破之後，他手下的匪徒就星散成好幾股，到處流竄。而鄧從吾率著民團，一路追剿殘匪，一面到處打聽神秘失蹤的賽白狼的音訊，他發誓要追捕到這個作惡多端的桿匪總瓢把子。

逢著大荒亂的年成，憑鄧從吾這股地方民團，人數再多，槍技再硬，一時也難收拾得了這種滔天的亂局。他追匪追到哪兒，哪兒都是一片荒涼的景象；季節轉至隆冬了，彤雲遮空，遍野積雪。鄧從吾轉到石佛寺一帶地方，在風雪裡和散股的桿匪交戰，雖然略有斬獲，但漏網脫逃的賽白狼陸老古，卻不見蹤影。

他連夜審問俘獲的桿匪，希望從他們口裡，問出一些零星的線索來，但那是徒然的，沒有人知道他們的瓢把子的可能去向。

「我要追下去，」鄧從吾仍然不死心，咬牙發狠說：「除非他逃出省界，只要他留在河南境內，早晚我會把他捉到的。」

鄰近各縣，受了鄧從吾大破桿匪的影響，地方武力普遍的增強了，大小刀會、聯莊會、保鄉團、自衛隊等組織紛起。他們都差人和鄧從吾聯絡，願意和他配合呼應，協力清剿散匪。這樣，前後不到半個月，桿匪被逼得走投無路，都零星四散，轉至地下去了。

而鄧從吾仍然帶著他的民團，到處追緝著，他要捉的只有一個，那就是賽白狼陸老古。他認爲，只有捉住陸老古，桿匪才不會在短期內死灰復燃。

一夜，在路上遇著大風雪，鄧從吾團總帶著手下，避至一處荒山腳下的大廟裡。那座廟很古老了，據守廟的一個老和尙說：不久前，曾有一股桿匪在這裡屯紮過，臨行放了一把火，毀了西廊房，幸好那時落了一場大雨，淋滅了火，使這古廟還能保存下來。由於桿匪的逼迫，廟裡的和尚都離開這裡，遊方到外地去了。

這是一場多年罕見的大風雪，風勢莽呼呼的，能折樑摧瓦。飄落的雪花，被風頭反捲到天上去，抬眼看半空，雪不是在落，而是像無數脫羽的箭鏃，急速的平飛著。一夜之間，積雪之深，沒人脛股。民團各隊都拿著鍬鏟，到廟前廟後去鏟雪，但這場大風雪，仍然把他們給困住了。

鄧從吾和民團裡的幾個大隊長，圍坐在第二進大殿裡烤火，弄了一壺土釀的老酒喝著，談論起陸老古漏網脫逃的事。

「陸老古逃脫之後，似乎跟他的散部沒有聯絡，」一個說：「他也被嚇破了膽了，從來沒公開露過面，真不知他會躲到哪個地方去？」

「賽白狼比狐狸還要狡猾，」另一個說：「他眼見大勢已去，獨個兒躲了起來，不會再出面糾聚餘眾啦，他那樣做，恐怕終會被捕啊！」

「這些日子，咱們也跑了不少地方，」鄧從吾說：「但沒得著一點關於賽白狼行蹤的消息，不過，我相信咱們有兩個可以著手的地方。第一，賽白狼的煙癮重，一時很難戒絕，那就是說，他跟各地煙舖總斷不了關係的；再者，那傢伙好近女色，娼寮妓院之類的地方，咱們也得加意盤詰；……退一步說，即使這些地方仍不見他的行蹤，但我敢斷定，早晚有一天，他會在煙酒賭博或女色上，敗露他的行藏，他仍然是逃不了的。」

「團總您說得對，」一個叫劉震的大隊長說：「您看人看得仔細，算是把賽白狼給看透了。您記得上回賽白狼漏網逃脫時，他最寵愛的一個姘婦叫月紅的，也同時失了蹤，足見他臨到要命的辰光，還離不開女人，他難道沒想到，他多帶一個人，就多留一條線索嗎？」

「不單是月紅，」鄧從吾說：「賽白狼陸老古是騎馬離開的，他那匹烏雲蓋雪馬，一付金打銀裝的鞍鐙，和他所攜的大捆細軟物件，可都是線索。我也早就把這些可能的線索，都轉告各地耳目了，也許再過幾天，他們會有發現的。但咱們也不能太抱希望，因爲賽白狼必要時，會使用障眼法，故意扔開這些，淆亂視聽，分散咱們的注意，使咱們無法斷定他的行蹤。他要真是那麼傻，他就不是瓢把子賽白狼了！」

聊天聊到半夜，天氣愈變愈寒，爐火也燒殘了，幾個手下的大隊長都辭出去歸寢啦，鄧從吾還端著半盞殘酒，坐在火盆邊，目注著炭火隱隱的紅光，靜靜的沉思著。

關於陸老古的寵姬月紅這個女人，依照被俘桿匪的供述，對她的身世，約略知道一些。她跟賽白狼的日子不算很久，有一回，賽白狼捲劫南陽，在路上截住一批行商，這個女人跟行商在一道兒，她年輕、貌美，一身穿著打扮特別時興，賽白狼一眼就把她給看上了，最先想把她當花票送到票房去，那女人卻笑對賽白狼說：

「甭讓人笑掉大牙吧，瓢把子，虧你還是爲頭作腦的人物，你把書寓裡的姑娘當花票，想得什麼？想得我的身價錢？——你沒貼我幾文還是好的呢！」

「嘿嘿，我真是財迷心竅，看走了眼了，把破盆爛碗當成寶物。」賽白狼說：「既然沒人來贖票，妳就留在這兒吧，我竟變成收破爛的了。」

「笑話，」月紅也反唇相譏說：「我不是玉女，難道你是金童？咱們歪瓜配上爛喇叭，正是對兒，你那些言語，還是趁早收拾起來吧。」

說也難解，賽白狼陸老古半輩子不知經歷過多少女人，偏對月紅著了迷了。他的金銀細軟，都交給月紅保管著，內寨的事務，也多由月紅作主。推究起來，月紅這個女人，畢竟是曾經滄海的貨色，見的多，膽氣壯，不像其它女人那樣，逼於賽白狼的淫威，自甘爲奴作婢，正因她不畏懼賽白狼，對方才會覺得她新鮮可人，值得迷戀吧？……總之，賽白狼迷戀月紅，是不爭的事實，從他臨走還攜她同行看，就看出這個女人在賽白狼心裡的重量，決不次於一堆金銀財寶。

鄧從吾也想過，賽白狼陸老古很會審情度勢，他在荊棘崗敗後這兩個月裡，各地民團實力大增，星散的桿匪餘部，已成爲釜底游魂，他在這時，決不會冒著落網的危險，出面收拾這個爛攤子。他既然出心藏匿，必會有出心藏匿的方法，以他的狡獪，一般的耳目人等，不一定會發現他，等到這場大風雪略止，自己必得親自去追尋蛛絲馬跡不可。

事實上，風訊還沒有過去，就有人冒雪奔來遞送消息了。這人是打石佛寺附近來的，

見了鄧從吾報告說：

「鄧爺，賽白狼乘坐的那匹馬，在石佛寺的鎮上被找到了。」

「是那匹烏雲蓋雪嗎？」

「不錯。」那人說。

「在哪兒發現的呢？」鄧從吾緩緩的問說。

「石佛寺有個財主叫伍亮賢，」那人說：「他有個嗜好，就是愛養好馬，他本身也懂馬，識馬。據他說，這匹馬是他在交冬時向人買下的，對方把馬牽到他莊上來兜售，討價並不高，他當時被這匹馬的骨架和神采迷住了，很爽快的成了交。」

「你們沒告訴他那匹馬的來歷嗎？」

「當然說了，」那人說：「伍亮賢聽了咱們的話，搖著頭，表示很難相信，他說他並不知道桿匪瓢把子騎的是什麼樣的馬？再說，天底下毛色相同的馬匹多得很，又沒有什麼特別標記，足以證明這匹馬是誰的，他口口聲聲說他花錢買馬，並不犯法，咱們也拿他沒辦法。」

「嗨，你們都弄錯了，」鄧從吾說：「咱們並不是要向姓伍的追討這匹馬，只是請他幫忙，能告訴咱們，馬匹是什麼樣的人賣給他的？順著這條線索，好朝裡面追。當然，以伍亮賢的家世，總不至於跟桿匪有什麼勾連，若有，也不會公然把賽白狼的馬匹養在宅裡了。」

「鄧爺說得是，」那人說：「咱們後來問過，伍亮賢形容那賣馬的人，據判斷，就是賽白狼陸老古本人，不過，月紅那女人，並沒跟他在一道兒。」

「嗯，有這樣的事？」鄧從吾沉吟起來。

這消息確是要緊的，賽白狼賣掉他的烏雲蓋雪，更是一個關鍵之點。他早就料算過，賽白狼如果走潛逃不出這條路，他早晚會賣掉他的馬，因爲他的馬太顯眼了，當他聲勢還盛的時刻，常騎著這匹馬在附近州縣出入，認識這匹馬的人不在少數，他無法再騎著牠走動。不過，賽白狼把烏雲蓋雪賣在石佛寺，似乎沒選對地方；豫西南地處山野，水路難通舟楫，趕早離不開腳力，沒有馬，他是走不遠的。也許他賣掉烏雲蓋雪，再換買另外的馬匹，要不然，他就會在石佛寺附近藏身。——這兩種可能當中，自己只能選擇一種。

「我想他是換馬逃走了。」來報信的人判斷說。

鄧從吾搖搖頭：

「我看，賽白狼仍留在這附近，因爲大夥兒都會猜到他換馬逃走。」

「您怎會這樣想的呢？鄧爺。」

「我自信懂得賽白狼，他最會虛虛實實的迷惑人了！」鄧從吾說：「如今風聲很緊，他不會冒險穿過各地佈設的多道關卡，他便使用這法子，賣掉烏雲蓋雪馬，使咱們以爲他會另行換馬離開。其實，他的金馬鞍，銀腳鐙，和大包黃白細軟，他無法帶走，所以，我判定他仍留在這附近，把那些東西埋在隱密的地方，他要找機會分批運走，……月紅極可能就是替他運貨的人。按照時間估算，他的東西，應該運得差不多了，他也該快動身了，咱們若想捕獲這個要犯，非儘快不可啦。」

鄧從吾辦起事來，真是神速無比，當天也就帶著他手下的大隊長劉震，備上兩匹快馬，親自踏雪到石佛寺去找伍亮賢，並查驗了那匹黑馬。馬確是賽白狼的座騎烏雲蓋雪，伍亮賢形容那賣馬者，也確和賽白狼的形貌相同。鄧從吾再到鎮上去，遍訪茶樓酒肆，都說沒見過這麼樣的一個人，更沒見過月紅那樣的女人，結果，這線索變成有頭無尾，沒法子再追下去了。

「我說，團總，」劉震勸他說：「咱們到東到西的奔波了個把來月了，到處追蹤，也沒查出賽白狼的蹤跡來，他也許早已遠走高飛遁出省界啦。咱們究竟要等到什麼時刻，再把隊伍拉回鄧縣去呢？」

「我想，總得再等一段時辰，」鄧從吾決然的說：「我以為我的判斷不會有錯，賽白狼如今正偷偷瞪視著，巴望民團早點拉走呢。」

「我的團總老爺，您沒想想這到什麼辰光啦？」劉震說：「業已年根歲底啦，民團究竟不比正式軍隊，弟兄們都伸長頸子，巴望回家好過年呢！再耽誤下去，年要在荒廟過，那多煞風景。」

「你可甭忘記，咱們要捕拏的，是個什麼樣的人物?!」鄧從吾說：「放走賽白狼，就如同縱龍入海，放虎歸山，日後的麻煩多著吶！我想起老古人說的話：長痛不如短痛。寧可在荒廟過年，也得把賽白狼捉回去，你們要勸弟兄們，暫時多受點委屈才行。」

劉震跟隨鄧從吾幹久了，明白鄧團總的脾性，他決定的事，輕易更改不了的，何況如今積雲盈尺，封住了道路，一時也走不了，那只有先聽他的再講了。

這一冬的天氣也真古怪，一場風雪連著一場風雪，上一場的積雪還沒化盡，新雪又把舊雪掩蓋住了。年卅的夜晚，鄧從吾著人買了幾口豬隻宰了，又抬來幾罈子酒，分配到各大隊去，讓弟兄年夜飯吃得痛快些。飯後放假，准他們到石佛寺鎮街上去遊逛，他自己卻悶坐在屋子裡，靜靜的對著火盆，一心想著如何追緝賽白狼?!

「這個桿匪頭子，真是太狡獪了，他會躲到哪兒去呢？」他自言自語的說：「難道他會出家做和尚不成?!」

忽然他想到了什麼，蹦了起來，繞室踱步，一面敲打著自己的腦袋說：

「我住在廟裡，怎會沒想起和尚來呢？……賽白狼想改頭換面，做和尚是個好法子啊！」

一想到這一點，他就推門出去，叫值崗的說：

「你到前殿去，把那守廟的老和尚替我請的來，就說我要跟他聊聊天，消磨夜晚。廚上有人，要他們替我準備些素的齋飯，這些時，咱們不得已佔住廟宇，也該招待老和尚一番。」

值崗的去不一會兒，老和尚來了，鄧從吾親自起迎，端張椅子請他坐下，他對那老和尚說：

「這一向我的事忙，也沒招待師父，隊伍剿桿匪，暫時佔用廟宇，實在承情太多。如今到了年卅的夜晚，還沒走得成，這個年，算是在廟裡過定了。我備了點素齋，請師父過來烤火守歲，聊表些感謝的心意……。」

「啊，團總爺，您可千萬甭這麼說，」老和尚雙手合十說：「這座廟，是各地募化款興建的，早年受十方香火，民團爲了安靖地方，擠在這兒受委屈，出家人已經很不安了。你們若是不來，只怕如今這廟還被桿匪盤據著，胡亂的糟蹋呢！」

「這樣一座有規模的廟，任它這般的荒冷殘破，真太可惜了。」鄧從吾感慨的說：「那天蕩平匪患，地方安靖了，咱們也該協募些款項，來修整佛地才好。」

「阿彌陀佛，」老和尚口宣佛號說：「團總爺善心仁念，老天爺自會祐護您的。如今廟宇荒涼不說，連廟裡的僧侶都流落四方，真不知哪天才能重聚，重新興旺廟中的香火呢？」

「對啦，我倒忘了請問師父，這廟裡原有多少位僧侶啊？」鄧從吾逐漸引入話題，隨口問說。

「人數說來不少，」老和尚說：「連小沙彌在內，總有六七十位吧。老僧只是守門僧，也不怎麼弄得清。」

「住持和尚是哪一位呢？」

「廣慧老禪師。」老和尚說：「他並沒有離廟，他是出去尋找失散了的和尚去了。當時有一股桿匪——可能是賽白狼手下的散股，盤據了這座廟；他們在神殿上日夜聚賭，蹂躪花票，那光景不堪入目，和尚都被逼走了。」

鄧從吾點點頭，正巧廚上把素齋送上來了，他便央請老和尚上桌，略用些齋飯，一面又問說：「老師父可記得，近兩個月裡，有新出家的和尚在廟裡剃度的沒有？」

老和尚想了想說：

「有。廣慧老禪師走時，留下一本名冊在這裡，團總爺您過過目，就曉得了。」

他說著，緩緩的從懷中夾囊裡取出那本冊子，送至鄧從吾的面前。他不明白，團總爺爲何這樣關心起廟裡的僧侶來？因此，眼裡閃出困惑的神情。

鄧從吾沒有解釋，先就著燈光，翻開那本冊子。那本廟裡僧侶的名簿，記載得非常詳

盡，某僧某法號，年籍和剃度出家，領受大戒的時日，都逐一載明。他翻至冊籍的末尾處，發現有一個和尙，是入冬後新剃度的，法名叫做智通，籍南陽，年四十三，這跟賽白狼的年籍，大體相同。當然，他不敢立時斷定這智通就是賽白狼，不過，既有這樣的發現，總有追索下去的必要了。

「我說，老師父，這個新剃度的智通和尙，你還該記得吧？」他合上冊子，抬頭問說。

老和尙哦了一聲說：

「不錯，這個智通，是由廣慧大師親自替他剃度的。他到廟裡不久，聽說桿匪要來，就先離了廟啦。」

「他留在廟裡的時刻，住在哪兒？」

「後殿的右廊房，末尾一間屋。」老和尙說：「那間屋，如今堆積著廟裡的法器和一些文物字畫，老僧已經把它上了鎖啦。」

「有鎖匙嗎？」

「有。」老和尙更困惑了：「團總爺，您爲什麼單單問起智通和尙來呢？」

「我算是偶爾觸動靈機吧？」鄧從吾笑笑說：「請老師父把那間屋的鎖匙借我用一用，我想去瞧瞧那間房子。您要是不見怪，我要告訴老師父，——我懷疑那個智通和尙，就是我要追擒的桿匪總瓢把子，賽白狼陸老古。」

老和尚搖搖頭說：「老僧不知團總爺您怎會有這種念頭的?!賽白狼再怎樣也不會到廟裡來削髮出家呀，……他會有：放下屠刀，立地成佛的心嗎？」

「我怕他從沒有那個心。」鄧從吾說：「我想他削髮出家，只是個幌子；他想改裝混出豫西，出家是個最好的法子，同時，他的金銀細軟，好暫時覓地收藏。至於我的想法對不對，很快便會弄明白了。」

四、廟中的發現

從老和尚那兒取到鎖匙，鄧從吾便決定當夜搜查那個新出家的智通和尚在廟時所住的那間僧房了。

民團的弟兄，大多放假進鎮去了，鄧從吾叫來值崗的，關照他去前殿多傳喚一些沒出去的人，拎來四五盞馬燈，帶上鐵鍬鐵鏟子，跟隨他到曠寂無人的後殿去。

時辰業已到了子夜三更了，被喚來的十多個漢子，睡眼惺忪的，也不知發生了什麼事，拎著馬燈，扛著鍬鏟，傻怔怔的跟著走，誰也弄不清鄧團總要幹什麼？

天色陰陰欲雨，黑得可怕，黑裡的尖風催動後殿簷角上的風鈴，噹啷噹啷的響著。

這座廟，前後共有四層院落，五進大殿，民團只住前三進，從第四進起，就沒曾有人進去過。老和尚領路朝後走，走過滿是灰塵蛛網的第四進大殿，來到最後一道院落時，每人都覺得一股陰森森的氣氛，無形的壓迫著人的呼吸。

老和尚來到右廊房，指著末尾一間上了鎖的屋子，對鄧從吾說：

「團總爺，您要察看的，就是這間屋子。其實，智通和尚走後，老僧來打掃過，屋裡空空的，並沒有什麼，至於廟裡的法器箱子，文物櫃子，都是後來要小沙彌們抬進去的。」

「也許我這人疑心病重，生性又有些古怪，」鄧從吾說：「我喜歡依照我的推測，一步一步的追到底。世上或者會有些意想不到的巧事，老師父等歇若是親眼見著，您就會明白了。」

「會有什麼呢？團總爺。」老和尚只有苦笑的份兒：「這間屋，明明是老僧親自打掃過的。」

廊房那間屋的門鎖打開了，在進屋之前，鄧從吾把跟他來的十幾民團弟兄召聚攏來，非常鄭重的說：

「我今夜找你們來，搜查這間僧房，和捉拏賽白狼陸老古有極大的關係。我懷疑陸老古眼見各地民團勢旺，關卡森嚴，他便削髮出家做了和尚，這個廟裡新剃度的智通，形貌年籍，和賽白狼陸老古頗多吻合，……今夜晚，無論發現了什麼，你們對外都不能透露出隻字風聲，消息一旦外洩，咱們再不容易找到另一次機會啦！」

「請團總放心，」那些弟兄們中，有人說：「賽白狼姦淫燒殺，罪孽深重，有十個腦袋也不夠拎的，有您的關照，咱們說什麼也不會對外透露風聲。」

「好，那你們就隨我來吧！」

眾人隨著鄧從吾推門走進那間屋，一入門，就嗅得著一股霉溼的氣味。小箱大櫃的，堆了滿滿一屋子，鄧從吾吩咐先把這些箱櫃雜物，小心抬到外間去，把僧房全部騰空。也算人多好辦事，過不一會兒，僧房便已騰空了。只留下一張木板床，一隻櫃櫥和一把木椅，木板床上，有一隻打坐用的蒲團，這都是僧房中的原物。

鄧從吾親自拎過一盞馬燈，捻得亮亮的，在房中繞著圈兒，細心的察看著。民團裡的那些漢子，也都抱著半信半疑的好奇心，高舉著馬燈，跟著察看。這間僧房，是用木板隔成的，由於年深日久，板壁都變得褐黃了。地面上是水磨方磚鋪成的，看上去清清爽爽，一切都如老和尚所說，並沒有什麼可疑之處。

「我說，團總，」一個班長叫郝四的，在鄧從吾的身邊說：「就算那個智通和尚的年籍形貌可疑吧，他離開這座廟，也不會留下可疑的物件來的，您怕是白費精神，搜不著什麼了。」

「床肚底下看看。」鄧從吾說。

有人看了回稟說：「床肚下面也是空的。」

到了這時刻，鄧從吾也不得不噓氣了。這些年裡，他料算如神，看事判物，表裡深透，從沒落空過，今夜怎會出了他料算之外呢？正當他幾乎心灰意冷的時辰，忽然有了一宗細微的發現了，那是在木床的床沿上，他看見了幾點像萍栗大的黑色斑點。這些黑色斑點，落在古舊變色的木床上，如不細心，很難發現。鄧從吾看到這幾點黑斑，不由精神一振，拎燈上前，彎腰細察著它們。

「團總爺，您瞧著什麼了？」老和尙說。

「還說不定是什麼，」鄧從吾指著那幾點黑斑說：「老師父，您瞧，這黑斑不是乾久了，變了色的血斑嗎？僧榻上怎會有這種斑點來著?!」

老和尙的年紀大了，眼力有些不濟，引頸彎腰湊上去，看了一會，又用指甲刮了刮說：「老木床，板縫多，難免生臭蟲，這也許是捻臭蟲捻出來的血斑。」

「我看不是，」郝四說：「這些斑點，圓圓的，又大，明明是濺上去的血。」

「你們拎燈沿著床腿和牆角再照照看，」鄧從吾說：「若真是飛濺的血滴，別處也許還有。」

這回鄧從吾說對了，有人拎燈蹲著照看，發現牆角和床腿間，也都有同樣可疑的斑痕，老和尚詫異起來了，皺眉苦思著說：

「真怪呢？若說這是血跡，這些血跡是從那裡來的呢？……廟裡沒有人失蹤，外人又沒見進廟，那個新剃度的智通，當真會殺人嗎？」

「說不一定，老師父。」鄧從吾說：「廟裡沒有人失蹤，可能是真，但要說外人沒有進廟，那就不見得了。這廟的後側門，就在屋角上，智通若是半夜開門，放人進來，您哪能見著啊?!」

「嗯，到底是團總爺想得周全，」老和尚說：「但則，假如智通殺了人，屍體應該怎辦呢？」

「那就看咱們怎麼找了！」鄧從吾說著，用腳蹭著房裡的水磨方磚，蹭至屋角那兒，地面便發出空洞的聲音來，他用手指著腳下說：「好了，就是這兒，你們拎起鍬鏟，掀開磚塊，朝下面挖挖看。」

民團裡的那些弟兄一聲應諾，便動手挖掘起來，你一鍬我一鏟的一挖，發現下面積土虛鬆，不一會兒工夫，就挖下去五六尺深，班長郝四一鍬下去，叫說：

「慢點兒，下面有東西了！」

他用鍬撥了一撥，黑黑的，露出一綹長髮來，再挖，赫然現出一個女人的頭顱。這具女屍，由於天寒地凍，並沒有腐爛，拖上來檢視，她的傷口在咽喉和胸脯上，被攮子捌了

好幾個洞。從面貌的姣美和年紀很輕，很容易判斷出她就是賽白狼攜出的姘婦月紅。

「團總，您真神透了！」郝四說。

「甭管她，」鄧從召說：「再朝下挖。」

大夥兒再朝下挖，更多的東西都被挖掘出來啦，只在傳說裡聽到過的金馬鞍，銀腳鐙，還有一大一小兩隻包袱，包袱裡面，都是閃亮的金銀財寶。那些翡翠、珊瑚、珍珠、瑪瑙，看得人眼花撩亂，真像是做夢一樣。

旁人都目瞪口呆，屏息無聲，只有那老和尚不斷的合掌唸佛。

這事說來很出眾人的意料，但鄧從吾把這些情形連綴起來，便得了一串可靠的推論。他認爲賽白狼爲了逃避各地民團的耳目，在石佛寺忍痛賣掉他的烏雲蓋雪馬，又投到這古廟裡來削髮爲僧，主要用意，就是爲避風頭。他把月紅這女人留在外面，原想利用她逐步的帶運這些細軟離境，但月紅和他深夜見面時起了齟齬，賽白狼一怒之下，便把她殺了，屍首運不出去，只有把她和細軟一道兒埋下土。他算定廟裡的和尚不會發現這些，便好等著日後，他有東山再起的機會時，再回來挖出這批寶物。

「如今該怎麼辦呢？團總。」郝四上前請示說。

「這樣好了！」鄧從吾說：「這具女屍，還是把她埋在原地，不必運出去另行掩埋，見著的人愈多，愈難保持秘密。這些細軟金銀，逐一查點，日後好列冊交官發還給被洗劫的物主。至於如何誘捕賽白狼歸案，我還得要靜靜的想一想呢。」

五、捕盜之計

事情都辦妥後，天到五更了。鄧從吾回至前殿的火盆邊，仍然苦苦的想著。如今，他業已知道這廟裡的智通和尚，就是賽白狼陸老古，也知道陸老古刺殺了他的姘婦月紅。如果這時候函告各地，張出告示，公開捕捉和尚智通，狡獪善變的賽白狼，搖身一變，又不是智通了，那時再捉他，又到哪兒捉去？

他想過，捕捉賽白狼，在時間上要愈快愈好，最好就趁著風雪季沒過，路上冰凍沒開的大新年裡動手；著令部下散到各酒樓茶肆，煙館賭窟去暗中查訪，不管是不是和尚，單注意削光頭的人物，也許能查出一些端倪來。

這只是方法之一，另外還有一種方法，最好是和前法同時進行。那就是把民團移駐石佛寺，著人找回廟裡的住持廣慧禪師，由廣慧出面召聚群僧，那智通和尚也許不放心埋藏的寶物，想回來看看，那時候，自己便可以用上廟進香禮佛爲名，回到這座廟裡來，捉住智通，並且想法子使他自己供認……，他相信，這樣雙管齊下，賽白狼是很難漏網的。

第二天晌午時，他召聚幾個大隊長，連同看廟的老和尚，作了一次密商，緝捕盜魁的

行動，緊跟著便展開了。鄧從吾當天就下令民團移駐石佛寺的伍家祠堂，同時輪流放假，讓民團的弟兄們歡度新年。

大年初三，住持僧廣慧回廟，很多和尚都跟著回到古廟裡來了。

鄧從吾本人穩坐伍家祠堂，他像張了網的蜘蛛，坐在網心裡等著，等著賽白狼這隻飛蛾撞上網來。那些放出去擔任捕盜的弟兄，不分日夜，不斷回來報信，他們都說沒見著智通和尚。但等到初五，看廟的老和尚帶來口信，說是智通和尚業已回廟啦。

「這就成了，」劉震說：「咱們著令一班人，帶槍去把他捉來，不就成了?!」

「慢點兒，」鄧從吾穩沉的說：「你甭忘記，智通和尚如今是在那廟裡剃度的出家人，廟宇是方外之地，咱們不能過份冒失的捉人，雖然可以挖出女屍，找出憑據，但對廣慧禪師，總嫌唐突。我另有一個法子，可以讓賽白狼自己當著群僧招供，……你明天跟我一道兒去廟裡上香，夜晚宿在那兒，看我的法子靈不靈驗？」他說著，又附耳低聲的說了幾句什麼。

劉震聽了，不得不豎起大拇指來讚說：「這法子，也只有團總您能想得出來！麻煩是略略的麻煩了一點，但真太妙了！」

「妙不妙不敢說，」鄧從吾說：「至少，可以使廣慧禪師肯主動把智通和尚綑交給咱們，咱們也免得揹上進廟強捉和尚的名聲，……儘管那智通只是個假和尚。」

大年初六那天傍晚，民團的團總鄧從吾，大隊長劉震，馬班班長郝四和十來個侍從馬兵，一道兒到了廟裡來上香，鬚眉皆白的廣慧老禪師，親自接待，鄧從吾說：

「住持老師父，前些時，民間追勦散匪，遇上大風雪，不得不暫借貴刹歇馬，冒瀆之處很多，如今移屯石佛寺，仍心有不安，特意到廟上來上香禮佛來啦。」

「團總真是仁厚正直，」廣慧說：「無怪乎一路勦辦桿匪，都是馬到成功，菩薩也都在保祐著您吶。」

鄧從吾上了香，天色已經轉晚，加上北風勁急，帶著雪意，廣慧便款待他們進素齋，留他們在廟裡歇宿。

素齋剛吃罷不久，有個馬兵很張惶的跑過來，大驚小怪的報告說：

「團總老爺，團總老爺，這古廟住不得，咱們還是備馬回去吧！」

「瞧你張惶失措的樣子，哪兒像是扛槍勦辦桿匪的漢子?!」鄧從吾發聲叱說：「你怎敢當著老禪師的面，胡言亂語的說瞎話?……廟裡有什麼住不得的?!」

「這……這廟裡鬧鬼！」那馬兵臉色青白，抖抖索索的說：「真的鬧鬼。」

「荒唐！」鄧從吾說：「廟是神佛所在的地方，怎會鬧鬼來著?」

「是這樣的，」那馬兵嚥了口吐沫說：「我到後殿去，想找小和尚借點草料來餵馬，走到右廊房那兒，聽著尖聲尖氣的鬼哭，如今還在斷斷續續的哭呢！……哭聲是從右廊房

末尾那間屋裡發出來的，聽得人渾身豎汗毛，您若不信，自己去聽聽就知道了。」

「世上竟有這等的怪事？」鄧從吾說：「假如是真的，內中必有冤情，敢問老禪師，那間僧屋是誰住的？」

「是一個新剃度的和尚智通住的。」

「智通回廟沒有？」

「回廟了。」廣慧老和尚指著大殿裡一群做晚課的和尚當中一個說：「那就是智通，」他轉對小沙彌說：「去喚智通來這兒。」

智通和尚過來了，鄧從吾沒動聲色，那智通不愧是久歷江湖的盜魁，面對著一直追捕他的鄧團總，同樣的不動聲色，對廣慧合十後，退立一邊說：

「住持叫喚我？」

「你見過鄧團總吧。」廣慧說。

智通依樣的合十，沒說什麼。

「說來真難令人相信，」鄧從吾笑對智通說：「剛剛這個膽小的馬兵來告訴我，他說在你早先所住的廊房那兒，聽見尖聲尖氣的鬼哭。」

「出家人不敢相信。」智通臉色微微一變說。

「就是啊！」鄧從吾說：「我跟你一樣的不信，但這個馬兵硬說那鬼如今還是斷斷續續的哭，咱們陪老禪師一道兒去聽聽好了！」

說著，他就站起身去扶廣慧，馬兵們手按短槍的槍把兒跟著，那智通雖然滿心不願意，處到這種時刻，也只有去了。他們穿過中大殿，一踏進後殿前的院子，便聽見隱隱約約，斷斷續續的非人啜泣聲，從右廊房末尾那個方向傳出來，真像由地層下發出來的一般。

「阿彌陀佛！」廣慧聽了，誦佛說：「真有這等事了？……卻不知有怎樣的冤情？鬼魂是不會說話的呀！」

「這倒不要緊，」鄧從吾說：「待我來問它一問，只要它能聽懂我的話就好了。」

他說著，跨步上前，朝黑裡發聲問說：「鬼魂半夜啼哭，必有冤情，如今請暫停哭泣，聽我鄧從吾問話，我立誓盡力替你洗刷冤情。」

說也奇，他這一說，鬼哭聲便頓時停歇了，四周寂默，只有夜風掃動簷鈴的聲音。

他接著問說：

「你是男鬼？還是女鬼？如是男鬼，長哭一聲，如是女鬼，長哭兩聲。」

那鬼魂顯然聽得懂他的言語，嗚呀嗚呀的長哭了兩聲，便停住了。

「是女鬼?!」鄧從吾說，他接著又問：「妳是在廟裡被殺害的嗎？如是，大哭三聲！」

話剛說完，那女鬼真的大哭三聲，這一回哭得像梟嚎一般的尖厲又慘淒。鄧從吾在馬燈光裡轉看那個智通和尚，一張臉變得像白紙一樣！

「妳被殺害，如是埋在屋外，請哭三聲。」他說。

鬼魂沒有哭。

「那就是在屋內！」鄧從吾說。

智通和尚一聽，立時暈厥了。

「扶他起來！」大隊長劉震說：「瞧他，總是新剃度的，還不通佛法，個頭兒蠻大，膽子卻這樣的小。你們用槍口替他撐腰，壯壯他的膽吧！」

他這一說，十幾支槍的槍口，真的把智通的後腰抵住了，可憐這時候的智通一動也不能動，只有聽著。

「是和尚害死妳的嗎？」鄧從吾又說：「如是和尚害妳的，請哭一聲！」

那鬼魂果然哭了一聲。

「好！」鄧從吾：「老禪師，您都聽著了，煩您著人取名簿來，我照著唸，鬼魂自會認出誰害她的。」

「你甭煩神了，鄧從吾。」智通和尚說話了，他說：「我招認就是啦，我就是你要捉擒歸案的賽白狼陸老古，那女鬼是我的姘婦月紅，我把她殺了，埋在僧房裡。你著人把她挖起來裝棺埋葬，我跟你去歸案好了。」

「你是賽白狼？」廣慧禪師說。

「不錯，師父。」賽白狼說：「我這種人，剃度了，也做不成和尚的，只有下輩子再說吧。」

當然，鄧從吾從廣慧禪師那裡，把賽白狼這個假和尚綑上了，女屍也挖掘出來，裝棺埋葬了！只有一點，賽白狼到死也沒弄明白，——那女鬼根本不是鬼，而是鄧從吾從石佛寺鎮街上請來的一個娼女，她由民團的陪同，預先伏在那間禪房屋外的窗角下面，和鄧從吾一敲一答。當賽白狼授首示眾時，鄧團總和他手下的弟兄開玩笑說：

「如果世間真有鬼，又那麼靈驗，就不會有逍遙法外的歹人了！」

「團總，」劉震說：「咱們不盼世上有鬼，只盼多出幾個像您這樣的人，智多，謀足，剋得住賽白狼這些歹人就好啦！」

……

鄧從吾在風雪季智擒桿匪賽白狼的故事，在時間裡輾傳了幾十年。一夜，有風有雨，一個醉意深沉的朋友，這樣說給我聽。如今，北國又是風雪季來臨時分了，報章上常載著群魔亂舞的消息，而像鄧從吾那樣的鄉土豪士又在何處呢？

其實，每個人只要有心，都將會是鄧從吾的；他就活在我們滿懷希望的心裡。

在飢寒的歲月裡

先是鬧匪，接著又是火毒毒的大旱。

戰亂和災荒交輾著，轉眼就輾過好幾個年頭了。在北方廣大的鄉野裡，不管是哪一座城鎮鄉莊，家家戶戶，全被輾得乾乾的，真可說是家家無草，戶戶無糧。

在牛家莊附近一帶地方，旱災是打頭年秋天鬧起的，整整一秋沒見雨水，早秋和晚秋的莊稼全被日頭烤焦了，弄得顆粒無收，到了冬天，田地到處龜裂著，無法開耕點種麥子。眼看來年又是荒歉，愁結的眉影下面，一雙雙無神的眼空望著遼闊的天和地，對於飢寒疾病的恐怖，使人兩眼青黑，連太陽在感覺裡也都沉黯無光了。

「天哪，這種日子，叫人怎麼過下去呀！」

風吹颳著，到處都是這種低沉的、嘆息的調子。日子原就難過得緊，鬧封鎖一鬧三四年，日常用品全見不著了，洋火、洋蠟、洋布、肥皂、煤油、磁製的碗碟、紙張，……太多太多的東西只有在當年的回憶裡才有。一般人家，連一根針都成了寶貝，用過之後，放在鬢角擦擦腦油防鏽，然後，把它插牢在玉蜀黍的穰子上，左鄰右舍，縫縫補補，得借來借去的夥著用。十戶有九戶，連一盞菜子油燈都點不起，——因爲根本沒有食油。而人活著，嘆息著，無論如何總還會撐著，熬著活下去的。

沉默寡言的牛甲嫂，心頭就橫著這樣一股子求生的意志；也許是兵荒馬亂，飢饉貧困的日月過得久了，使她覺得眼前的日子就是這麼一種東西，青青黑黑，空空盪盪，使人從

那裡面朝前飄過去。哪天熬到太平年呢?有時她也這麼盼過,但那種盼望,總是微弱而遙遠,彷佛盼與不盼,也差不了許多,閉上眼過日子還要好些。如果她朝回頭想,抗戰前,她還在家做閨女的時刻,日子五顏六色的,真好像一匹抖開的織錦,那些圖案,那些錯綜的花紋,無處不顯得豔麗神奇,射出洗亮人心的光彩。不必從頭到尾連著想了,單只是一些影影綽綽的片斷,就使人覺得有些飄浮不實,——人,竟會在那種仙境裡活過?!

家裡開著一片偌大的油坊,方形的碾油石屋在當中矗立著,前面兩進五開間灰瓦房舍,是容得下牛車進出的通道和倉房,從四鄉收購來的榨油作物:花生、黃豆、油菜子,堆積成山,碾出的油,盛裝在竹編的另以油紙糊成的油簍裡,囤在倉裡等待運銷到鄰近的城鎮去。作坊兩側,是車棚和畜棚子,六合車一排排的放列著,牛車的木架和底板上,到處染著油漬,泛著油光。宅前宅後,空氣裡都是濃濃的油香味兒,甭說人吃油像吃水了,連拉油碾的騾子都吃的是冒油的豆餅。

油作坊後面,隔著一道影壁遮掩的圓門,是自己的家宅,庭樹庭花,掩映著花窗。娘的妝台上有一面高過人頭的菱花鏡子,邊緣受了些潮,背面的水銀裂出朵朵銀色的花紋來,只有中間一塊,裹在朦朧霧暈中,能清楚的映出人的臉。圓圓的臉,白生生的,頰面帶著活動的水紅暈,一笑,便牽出深而圓的酒窩兒來,眉梢眼角,融進生活裡快樂的影子,有一股蜜蜜甜甜的氣韻。

在那種不知愁的年歲，日子是浸著人心的蜜汁，她穿著白地灑紅花的衫子，一串串成熟的紅櫻桃，走著如同飛著，不是春天也是春天，風飄的衫襬，鼓鼓的兜著春情。油坊裡那些粗嗓子的老油工們，最會拿人開心逗趣了，常會扯住人的小辮梢兒說：

「哪兒跑來的？這麼個白油油的小丫頭，敢情是打油簍裡撈上來的，掐到哪兒都會朝外冒油。」

「吃油養大的小精靈，油光水滑還用得著說嗎？」

日子就算是唱著過的吧，一陣風來，那歌聲也飄遠了。十八歲嫁到牛家莊，做了牛甲的妻子，也已經十多年啦。當初的牛家莊，也跟油坊一樣的繁盛，充滿發旺的氣象。鄉下務農的村落，一般人只要看看麥場上的草垛子，就能分辨出這個村落的貧富來。而牛家莊的草垛子，一座連著一座的，堆得比高屋基上的瓦房頂兒還高。丈夫牛甲家裡田地不多，但也有七十多畝，都是上好的青沙地，一把能捏出油來，就是佃給旁人耕種，靠分租的糧也能過日子，何況年輕力壯的牛甲是個勤勞克苦的自耕農，常年把汗水滴在田裡，收益更是可觀，假如年成不荒不亂，說什麼也不會落到今天這等的光景，……天災自古常常有，誰遇上了也沒有什麼好埋怨的。人禍就不同了，鬼子、偽軍、土匪，都是一些活活的人魔，人遇著他們，不論貧富貴賤，都是一樣的了，你的家宅，他點把火就燒光，你辛苦收成的糧草，隨他們任意徵繳，老民百姓，變得豬狗不如，遇上這些人魔，死了也是活該。

牛家莊曾被狠狠的搜劫過幾回，家家糧甕見了底，只有一汪塘的水沒被他們舀乾。除掉罹劫遭難的，凡是活著的人，就都得忍受貧苦飢寒了。

也想過回到娘家去找些貼補，誰知油坊被土匪扒平啦，連一隻牲口都沒有留下。日子長得很，不挨著也得挨著。村裡老一輩的人比較有耐心，他們說：

「活人的鍋台上不會長青草，那些人魔，雖然能取走咱們的錢財衣物，牽走咱們的牛羊牲畜，但他們抬不走池塘，搬不動田地，只要有一兩季點種和收成，人就餓不死了！」

也不能說這話沒道理，人是沒餓死，但也餓得兩眼發黑，兩腿發軟，走路都虛得打晃，尤其是甕缺餘糧，室無爐火的寒冬臘月，再連上青黃不接的荒春，人是抱著頭愁著過的。

「嗨，人禍不歇，荒旱連年，這真是王小二過年，——一年不如一年啦！」鄰居葛二嬸兒常這麼嘆著：「早兩年，買不著新棉花，把老棉花重彈彈，也還湊合一套棉襖褲。如今，老棉襖裡的白蝨，生得一窩一窩的論碗裝，不穿吧，又冷得慌，穿吧，肥了蝨子瘦了人。」

「嗨，能有一件漏油的破襖（棉花露在破衫外面，謂之漏油），披披，還算是有福的呢！」村梢小屋裡的聾老爹說：「冬寒大雪天，哪個村上沒有穿破布條的娃子？手和腿凍得又青又紫，像剝了皮的棗木棍似的，活活沙沙出不了門，只有在草窩裡蹲著。」

提到穿破布條的那些娃子，牛甲嫂不禁呆呆怔怔的鼻尖發酸。鄉下孩子夏天光身子的很多，那是爲了習慣上的省布。早年寒冬季，即使貧苦人家不見新衣新帽，一件光棉襖也還是有的；如今洋布沒了，連窄機粗大布也貴得嚇死人，孩子大了，沒法子光著身子過冬，只有找些碎布條子，結上許多疙瘩，套在頭上，掛在身上，遮不遮掩不掩的，有那麼一點意思。一家如此，多家如此，便有人替這種怪衣裳取個名字，叫做「一把傘」，當年，連花子堂裡的乞丐，也沒有穿得這樣破爛過。

「也沒有什麼可嘆的了，二嬸兒。」牛甲嫂說：「聾老爹說得不錯，咱們苦雖苦，但還有比咱們更苦的人家呢，想一想比上不足，比下有餘，也值得寬慰啦。」

不自寬自慰又能怎樣呢？天災也罷，人禍也罷，都不是蹲牆角，捧紅窯碗的鄉下人能左右得了的，只有逆來順受罷了。地窖裡的紅薯、薯乾，存量極有限，留下一點玉蜀黍和高粱麵的人家，把它看得比金子還要貴重。早先聾老爹講前朝的故事，引用一句古老的俗語，說是：庶人無事不吃雞，如今，若不遇上稀客，連雜糧都上不了桌啦！平時吃的不是飯食，一鍋清水，煮些紅薯或是薯乾，再打些曬乾變黑的薯菜下去，……那就是早年的豬食。有時換換口味，吃麥糠和搗碎的榆樹皮，那可比豬食更等而下之，但能有這種吃食，已經算是中等人家了。

前莊魏癩子一家五口人，連麥糠和薯葉都吃光了，魏癩子便撿些砂石，搗爛了吃石粉

搪飢，結果一家老小都得怪毛病，腹脹便結，拉不下屎來，疼得捧著肚皮哼叫，鄰舍想出個笨方法來治他們，要他們光著屁股，反翹著，使耳挖兒慢慢的朝外挖屎。

聽說還有人餓瘋了吃爛泥的。

做丈夫的牛甲，原是個年輕快樂的莊稼人，艱難的日子老是這樣的輪覆，也把他的脾性磨得暴躁起來啦！田地遇大旱，硬得插不進犁尖，他再會做莊稼活，也英雄無用武之地啦。有一度，他刨起窖藏的鳥銃，想出去打獵，但卻買不到黑火藥，他轉了轉念頭，剝些樹皮搓揉搓揉，編了一張獵罟，想獵些野兔什麼的來充飢，獵罟張在乾死的灌木叢邊，一根兔毛都沒黏得上。最後他扛起一柄鐵鍬，賭氣的說：

「沒辦法了！能挖到幾隻野老鼠吃吃也是好的。」

「有那種好運氣？」牛甲嫂說：「咱們有兩年沒見葷腥了啦！」

「何止沒見葷?!」牛甲粗聲嗓氣的：「連素油也沒有半滴沾鍋啊！人的腸子，太久沒有一點油去潤潤它，就變成草腸子，跳跳就會斷的。」

「快甭說了。」牛甲嫂望著做丈夫的餓皺了的臉，心酸酸的：「單望你能獵著什麼，有葷就有油，好歹也能潤潤胃腸。」

牛甲去刨野老鼠沒有刨得著，卻用鐵鍬砸死一隻餓痲了腿的老烏鴉，高高興興的拎了回來。

「我說小牛毛兒他媽，」牛甲說：「老烏鴉這玩意兒不好吃，但找不到旁的鳥蟲，只好馬虎點兒，燒鍋水燙燙，我來拔毛吧！」

「天哪！」牛甲嫂叫說：「烏鴉是臭骨頭的鳥蟲，烏鴉又是骯髒性子，常在荒墳塚裡啄食腐屍，你就下鍋煮出來，牠的肉也是酸臭的，這種東西，怎麼吃法？」

「妳少大驚小怪！」牛甲說：「這總比吃石粉要好得多，再怎樣，烏鴉肉總不會吃死了人吧？」

牛甲嫂想了一想，這倒也是事實，誰叫人遇著荒亂年成呢？她便上灶去張羅，打理那隻老烏鴉去了。烏鴉肉還沒盛上桌子呢，牛家莊的鄰舍都伸著鼻子，一路聞嗅過來啦！

「哎喲，牛甲嫂，你們家的牛甲是在哪兒擒著大錢來了？竟然買肉下鍋呀？弄得整個村子，都是肉香味兒，引得人流口水，饞蟲爬到喉嚨管啦！」

這也難怪他們，牛甲嫂明白，常常飢餓使人的鼻子都靈敏起來了。她覺得根尷尬，不好說出她煮的不是豬肉，只是一隻老烏鴉，但牛甲倒不介意這些，掀開鍋蓋來，指著說：

「我哪兒有錢買肉?!鍋裡煮的，只是一隻臭老括子，你們願意嚐的，就夾兩塊嚐嚐好了！」

若是在早年，誰也不會吃這種鳥蟲，但飢餓熬人，連高大媽、李三嬸、葛二嬸她們幾個婦道人家，也都嚐了幾塊，葛二嬸嚐過之後，居然品味說：

「人餓極了，想是什麼東西都吃得下，平素咱們誰會吃臭老括子？如今嚐起來，只是略帶些酸味，倒也並不難吃。」

「這就好。」李三嬸說：「荒年多烏鴉，咱們設網捕捉牠下鍋，就餓不死人啦。」村裡的人，也爲這事集議過，大夥兒聯手去捕獵烏鴉，但烏鴉也是聰明的鳥蟲，一見有人捕獵，牠們便飛往遠處去了。

這時候，牛甲嫂的娘家弟兄來看望他們，揹來一斗玉黍粉，一瓶油豆，說明這點糧食，是費了很多力量去張羅來，送給他們救急的。東西雖然不多，但這份火熾熾的情意，燙人肺腑，娘家弟兄臨走時，牛甲嫂送到村梢頭，兩眼都凄凄潮溼了。她想過，俗話說得不錯：寧在飢上得一口，不在飽時得一斗。這兩斗糧粉和一瓶油，在早先根本不算什麼，但在這種要命的辰光，它就是能救命的寶物了。

爲這事，她精打細算著；轉眼就要過年了，過年時，她得抓點玉黍粉，煮一餐玉蜀黍和薯乾稀飯，另外，倒點兒油，炒一盤黑薯葉當菜，好歹讓丈夫和兒子解解饞，餘下的黍粉，要吃到春暖時節，接得上田裡的野菜，而那瓶油，至少要吃到來年春季，還得留點兒好膏一膏車軸什麼的。

牛甲嫂計算得很仔細，可是同村還有許多戶忍飢挨餓的人家在，這些平時守望相助的鄰舍，一聽說牛甲嫂的娘家送了食物和油來，便過來商借。大夥兒都是好鄰居，有飯大家吃也是該當的，無論如何，牛甲嫂也不能板起面孔來拒絕他們。她和丈夫牛甲兩個人一再商議，最後，決計勻出一斗玉黍粉和半瓶油，借給村裡的鄰居們。借糧是論碗計的，有人借一碗，有人借半碗，借油呢，只好論酒盅了，有人借一酒盅，有人借半酒盅。甭看半酒盅的油還不夠一口喝的，把它傾在絲瓜穰子上，拿它擦擦鍋底，使食物沾上些油味，足足夠半年用的。

這些食物，為牛家莊帶來一陣興奮倒是真的，若說能使人寬心，那還談不上。因為一過年，就是長長的荒春，每人每天一口糧，也十倍於這個數目，人還得另想法子活下去。

在那種熬荒的歲月裡，年景的黯淡就不消說了。

沒有鞭砲，沒有鑼鼓，只有粗糙的土紅紙對聯和掛廊，略微裝點出這個曾經喜氣洋溢，熱鬧非凡的節日。由於天鬧大旱的緣故，年間沒有雨雪，人們便端著碗，坐在朝南的矮簷下面，一面吃著清得照見人臉的稀湯，一面曬著太陽。

牛甲嫂準備的年飯，該是全村最豐盛的。她煮了一盤子油炒乾薯葉兒，拌了幾滴油的紅白蘿蔔絲，四個黍麵蒸出的窩窩頭，一盤薯乾，另外就是黍粉薯葉和紅薯混煮的稀飯。

葛二嬸嘴饞，到牛家去拜年，賴著身不動，吃了兩筷子菜，啃掉半個窩窩頭，喝了兩碗稀飯，咂著嘴唇出來，對鄰居們形容說：

「今兒我總算在牛甲家裡潤了腸子啦！你們不知牛甲嫂在那菜裡放了多少油？至少有半酒盅的油，吃得人一心油，一直漾到頸子上來。」

「牛甲嫂一向是捨得的，」李三嬸說：「她是油坊的大小姐，早年在家，吃油像吃水一樣；如今雖然光景不同了，但要她改掉那份大戶人家小姐的脾性，可沒那麼容易吧？她丈夫牛甲也管不了她。一盤菜就用半酒盅的油，簡直是太糜費啦！」

婦道人家舌頭長，很快就傳遍了整個村子。大家也許都窮得吝嗇了，都覺得牛甲嫂不懂得省儉過窮日子，甚至於村裡的老人們還把牛甲叫的來，著實教訓了一頓，要他好好的回家管一管媳婦。

牛甲和牛甲嫂夫妻倆，原本很恩愛，但牛甲也是窮傷了心，餓昏了頭，竟連性情都改變了。他聽了鄰舍們的話，認爲老婆不省儉，回家著實把牛甲嫂埋怨了一頓。

「說真的，妳娘家送來的一點兒糧和油，照理妳有權區處，也許我這話不該說，——吃完這批糧，還會打天上掉下糧來？苦日子長著啦，妳這樣糜費，日後，咱們一家人真會最先餓死。」

「我這只是爲著過年，給你們父子納納饞，」牛甲嫂酸苦的說：「若是換在平時，我哪兒會做乾的窩窩頭？用半盅油去炒薯葉啊，……誰說過，人的腸子若是多時不沾油，就會變薄變脆，跳跳也能跳斷掉的。」

「聽那些瞎話?!」牛甲說：「草腸子就是沾油，也不能沾得太多，半盅炒菜的油，會使人吃壞肚子的。」

「好吧，」牛甲嫂掉下眼淚來：「你叫我省，日後我儘量學著省儉就是了。像葛二嬸她今年的年夜飯，還捧上一盤子年魚，——那是一尾木刻的魚，有頭有尾，活像真的，不過，不能吃，只能看，葛二叔喝著稀湯寡水，把那魚看了一眼說：『好啊！年魚年餘，年年有餘，看見就好了，快端下去，免得惹饞蟲。』你若要我那樣，我也會刻些木雞木魚、木肉木蛋，輪流端到桌子來，吃不吃到嘴是一回事，總有那麼點兒意思。」

「那些事留著日後再講，」牛甲說：「如今春沒到，草沒茁，我得去挖掘草芽去了。」

「咱們帶上籃子，分著挖吧。」牛甲嫂說。

牛甲嫂和鄰舍的婦道，一起到村後去挖掘草芽，細嫩的草芽，牲口能吃的，人當然也能吃。亂世的人，其實還不如承平年間的牲口，驢吃麩粉馬吃豆，連豬都吃糠和豆餅，如今，白豆餅甭說了，就連能吃得起黑豆餅的人家，也如鳳毛麟角，不是人不如牲畜怎麼的?但是，挖掘草芽也是很有學問的事情，野草有千百種，有些很多，有些很少；有些人能吃，有些人不能吃；有些人畜都不能吃，吃了會被毒死；挖掘草芽的人，要能從挖出的草根一眼判別出它是哪種草?有毒沒毒?能不能放進籃子裡，帶回去下鍋?

像牛甲嫂這樣大戶人家出身的人，原不懂得這些，但她嫁到牛家來，遇上多年荒亂，也逐漸逐漸的學會了。不過往年地下溼潤，比較容易挖掘到草根，今年鬧旱旱得兇，泥土乾成硬塊兒，連草根都枯乾啦，挖掘半天，籃子仍然沒有多少一點點，人蹲得腰痠背疼，兩腿都麻木了。

抬頭歇歇氣，春在哪兒呢？遠遠近近的林木，乾死一大半，就有些沒死的，樹幹上的皮層，也被餓極的人們剝掉了，活像沒穿褲子的孩子，赤裸著精瘦的白腿，看上去骨稜稜的，彷彿是人的鏡子。捲沙的風吹割著人臉，還是那樣的尖寒，沙是黃的，樹是赭黑的，天那樣高邈，地那樣遼闊，蹲在野地上的人影兒，越發顯得孤伶無助，好像已經離枝的殘葉，隨時都會被捲進溝渠。

人到這種辰光，不由得不朝回頭想，眷戀過往時日裡豐衣足食的情境。日子從那時起，一路下斜坡，越過越艱難，真彷彿要通到地獄裡去一樣。朝回想，朝前望，人總盼著往昔那種繁盛的日子能夠再出現，那麼，人就受些飢寒困苦的煎熬，也不算什麼了。

就算旱象能消，兵荒馬亂能過去，這段荒春也夠人熬的，人究竟不是九條命的貓，能紮上嘴，光是勒緊褲腰帶過活啊！這樣看來，巴望得太遠，就顯得不實在了。

「再過一些時，等到野菜茁出芽來，就會省點力氣了。」牛甲嫂對葛二嬸說。

這種盼望，該不算巴得太遠吧？年已經過了，不久就是百草萌芽，春暖花開的季節啦！她這樣感喟的喃喃著，空茫的眼裡，便浮起幻想的圖景來，她看見紫英花搖漾著，蒲公英展著星芒般的綠葉子，七角菜帶刺的硬葉斜舉著，濃密的小蒜泛出一片油綠，馬金菜總和巴根草一樣低低的貼著地面蔓衍，初茁的水蘆心也是很好吃的，地喇叭和野芙蓉，村上人也都吃過，馬節節、鳳頭草、狗尾草，都是無毒的草類，紅紅的枸杞子，當然算是野草中的珍品了……而這些野草，得要有一場春雨的催發，才能很快的茁生出來，可是，天上連一片雲翅都沒有，連一向耐旱的榆錢樹也乾死了很多啦。在鄉間，桑樹和榆樹都是救人命的恩樹，桑葚和榆葉，被人形容爲養命的天糧，如果連這些樹也死光，人將怎麼活啊！

「草根都乾死了，妳還指望有多少野菜茁出來？」葛二孀嘮嘮叨叨的：「就是日後野菜茁生，也沒有多少，經不住大夥兒挑的。當然嘍，天無絕人之路，只是給妳一丁點兒，——到脣不到嘴，讓人活著受罪。」

「天不會久旱的。」牛甲嫂說。

「哼！龍王爺不知躲到哪兒睡覺去了！」葛二孀說：「天上一晝夜，人間一整年，祂睡一覺不要緊，地上就得受一年的大旱，人是肉身子，可不能像神一樣的單靠香煙過日子，……求雨都沒有用，這種懶龍不該問斬嗎？」

葛二孀出怨聲，也不是沒道理；天初旱時，鄉下起過一陣求雨熱，大把焚香，抬著泥龍，敲打著鑼鼓，這個村莊串到那個村莊，人們跪地哀告著說：

「老天，讓龍王爺打個噴嚏好了，總得要有一點雨水潤潤田呀！」

但無論怎麼求，天還是不降雨。到後來，人的喉嚨也喊啞了，力氣也用盡了，便認了命，認定這是無可挽回的大劫。因爲每遇大旱，地氣亢烈，便會引起火瘟火毒，使人鬧眼病，鬧骨病，生出各種膿瘡、癬疥、瘤腫，弄得流膿淌血，久治不癒。

牛甲嫂明白天災確實很可怕，如果它不是和人禍連結在一起，人還不會淪入這種慘境。因爲天災只鬧一塊地方，旱了東邊，旱不了西邊，澇了南邊，澇不了北邊，人只要擔上擔子，揹了包袱，牽著牲畜，暫時到別處去避上一段日子，災荒便過去了。而人禍不同，扯南到北一鬧上千里，人就躲進老鼠穴，刺刀也會把人撥出來，遇上這種年成，天就不鬧旱，人一樣沒有好日子過的。

「只好認命吧，葛二嬸兒。」牛甲嫂嘆息得連一點年輕的味道都沒有了：「天就斬了誤雨的龍，對咱們有什麼好處呢？」

這樣熬到麥季前，天總算落過一場雨了，人的飢饉沒有改變，希望卻變濃起來。雨落得太晚，誤了一季麥，而盛夏和早秋的作物還能點種下去，像南瓜、北瓜、蕎麥、玉蜀黍和高粱，只要種籽落土，多少總能收成一點的，挨餓不怕挨，只要有個期限，人就能硬著頭皮死撐死挺了。

對於熬荒，牛甲嫂有個顯明的感覺，那就是婦道人家，要比身強力壯的男子漢更經得住熬。

就拿自己的丈夫牛甲來說吧，整個豐滿的臉盤兒都熬陷下去，眼窩變成黑洞，兩腮只賸一塊癟癟的皺皮，兩支顴骨高高支起，猛然一看，就像是個蒙上人皮的活骷髏一樣了，即使是一個陌生人瘦成這種樣，也會看得人心驚肉跳，何況他是自己的丈夫呢？

牛甲餓成那樣，仍然不肯要牛甲嫂把賸下的一點油吃掉，但牛甲嫂心疼丈夫和孩子，偷偷把油分滲在每天所煮的清湯裡，牛甲發現之後，抓著她的頭髮叫罵說：

「妳能不能忘記當年妳娘家是開油坊的?!那種年月，咱們熬完這一輩子也不會回來啦！我早也叫妳省，晚也叫妳省，差點說破嘴唇皮，妳怎麼只當耳邊風呢？咱們是什麼人家，在遍地餓死人的時刻還吃油？」

「你索性甭罵我，一刀戮殺了我也就罷了！」牛甲嫂哭泣說：「你沒把頭伸在水缸邊，照照你的影子，看看你業已瘦蝕成什麼樣子了?!你想留下那點油點倒頭燈（**北方習俗，人死後，冷凳一端點燃一隻小油盞，謂之倒頭燈。**），你這隻不通竅的笨驢！」

夫妻倆吵了一陣，牛甲心裡也覺得很懊悔，無論如何，那點兒賸下的油，是落在自己的肚子裡，老婆確是個關心自己的好老婆，爲什麼還要再苦苦的爲難她？當真貧賤夫妻百

事哀，非要抓打撕扯，吵吵鬧鬧的過日子？再怎麼鬧，吃掉的油也沒有法子再弄回來了！

日子朝前過下去，雨接著落過，旱象是消除了，但飢荒仍沒消除，人們一大早就挽著籃子出門，散在野天荒湖裡，搶著挑野菜，也有許多人到野溪裡去撈取浮萍草當菜吃的。春濃時分，野地上百草齊茁，人算是有熬頭了，但每戶人家都沒有油吃，牛家莊裡，大多數人有半年沒吃過一滴油了。

「人沒有油潤心，真是不成啦！」葛二嬸手摸著胸口，嘆說：「心裡空空的，潮了一大截兒，總是嘔酸水，不知熬到哪一天才能有油吃呢！」

「真要有那一天，」李三嬸說：「我會舀著油，一口氣喝它三大碗，潤心潤肺，死了也值得。」

「咱們男人都是饞嘴的耗子。」牛甲也在一邊湊合說：「要是到那種時刻，咱們會脫光衣裳，跳進油缸去泡它兩天，想喝多少油，就喝多少油。」

這些話可不光是嘴上說說，連牛甲嫂也明白大家都渴望著喝油，她的舌尖奇苦，舌緣和唇角早已乾裂了，那種不痛不癢，麻麻木木的潰瘍，正是長期沒有油吃造成的。半年沒吃油的日子，照理說應該夠慘了，但還有人更慘的，前不久，西莊的杜老頭兒死掉，杜老奶奶抱著她老伴的屍首哭說：

「你在世爲人一場，也算活到七十六歲了，不値得啊，可憐你這一輩子，肚裡總共裝不到兩盅油啊！……皇天哪，爲人還不及一條狗，哪條狗的肚裡沒有四兩油啊！你死到陰間若還有罪，就讓閻王判你下油鍋吧，做鬼也可沾點油腥味啊，皇天哪……。」

她哭的是她帶血的心意，老杜一輩子真的窮困到那種程度，吃兩口油都沒有吃到過，無怪杜老奶奶那樣一哭出來，聽著的人，個個都眼紅鼻酸，禁不住的流淚。

也許是長期飢餓過度的關係，原本很健碩的牛甲病倒下來了，嘴張著，眼瞪著，眼神分散，眼珠子迷迷茫茫的，灰黯無光，呼吸也變得軟弱無力，常常啞聲囈語著：

「油！……油！……給點油我潤潤唇吧！」

憑空的哪兒來的油呢？牛甲嫂雖沒倒下來，也虛虛軟軟的，自覺離倒下來不遠了。若在平常，她孱弱得應該讓旁人來服侍她了，但如今她不但得不著休息，反而要支撐著，服侍她的丈夫。風來了，雨來了，夜來了，牛家莊上沒有一絲燈火亮，黑得像漆抹似的，她躺在草舖上，兩眼瞪視著黑夜，彷彿看見許多東西，那是黯黑色的油簍，一簍一簍的堆積著，當初貯油的屋裡，正是那樣的情景，油簍一直堆積到接著橫樑。吱——唷，吱——唷，那種反覆的聲音在耳邊響著，那不是推油的雞公車是什麼?!……她記得早年曾聽油坊的師傅們說過，說是雞公車原是根據手車改良而成的，高高的車架兩面，正好放置兩隻油簍，所以又叫做推油車，推動起來，車軸反覆的唱著，吱——唷，吱——唷，鄉下的人，早先常見油販們組成的車隊路過，一聽到那聲音從遠處的路頭滾向村梢，便想得到滿簍的

食油了。

那聲音在耳邊響著，響著，夜很靜，也很長，她極度的乏倦，但總無法入睡，她知道，那聲音並不是真的，自從荒旱瀕臨，推油車就很少打從村頭路過了。那不是真的，只是她虛弱中產生的幻覺。

但在另一天的夜晚，她失眠時，又聽到那種褌續的軸唱聲，吱——唷，吱——唷的一路響了過來。這一回，彷佛又不是幻覺，那聲音在寂靜的夜裡，響得分外清晰。這樣過了一會兒，她又聽見人的腳步聲，停在她的宅前，緊接著，有人伸手叩門，叩得咚咚的響。

「奇怪?!」她自言自語的說：「當真會有推油車打這兒路過嗎?!」

「對不住，請開門啦。」敲門的高叫說。

「誰呀？」牛甲嫂勉力的回應著。

「推油過路的。」屋外的聲音說：「只是想架起車來歇一歇腳，向您討瓢水喝。」

牛甲嫂起來拔門子開門，月光照在門前麥場上，可不是一隊推油的雞公車放列著，她數一數，一共有五輛車，十簍油，連拉車帶推車的，有十個漢子。

「老天，你們的膽子真夠大的。」牛甲嫂吃驚的說：「這兒荒得半年不見一滴油，朝北邊，更是荒得緊，見到推油車，能撲上來硬啃掉，你們不怕有人劫油嗎？」

「飢荒熬人，又有什麼辦法呢?小嫂子。」領頭的一個半老頭兒說：「咱們都是拖家帶眷的莊稼漢子，被逼得沒有活路了，只好結夥推油走險，圖個厚利。晝伏夜行的勞苦困頓不說了，這可真是豁命的事兒。好在咱們都帶了傢伙，誰想劫油，咱們就把命拚上，人若不是沒路走，這種槍尖刀口上的利，誰肯圖啊？」

牛甲嫂倚著門框，微微搖頭嘆息著，月光暈暈暗暗的，使她看不清這些人的臉，他們在這兒暫時歇歇腳，掄瓢舀些水，牛飲著，但他們明天就不知流落到哪兒去了？鋌而走險跟蹲在家窩裡熬荒，一樣的艱難啊！

推油的漢子們喝了水，吸罷煙，向牛甲嫂道了謝，送給她四五個粗麵黑饅頭。推油的漢子們推著油車走後，扔下一樣他們不要的東西，被牛甲嫂撿著了，——那是一塊擦油簍用的油布。那塊油布看起來很骯髒，黏沙帶土，變得黑糊糊的，但布上沾著很多能擰出來的油，這個牛甲嫂如獲至寶，她怎能不高興呢？……

「油，油，給我一點油潤潤唇吧！」她想到躺在病榻上的丈夫牛甲的囈語，使她泛起滿心痛楚的哀憐。這一回，真算是天意，半夜能有推油的車隊路過，正巧在自家宅前歇腳討水喝，才使她能撿著這塊油布的。

有了這幾個粗麵冷饅，和這塊油布，也許能把丈夫的餓病治好。她心裡有了這樣的盤算，便拿著那塊油布，到房裡去，替牛甲先擦擦嘴唇，然後，把油布放在他鼻子前面搖晃著，談他聞嗅那噴香的油味。

說也奇，昏昏迷迷的牛甲，一嗅著油味便清醒了，無力的，但卻興奮的說：「油！哪裡來的油？好香啊！」

「想吃些東西？」牛甲嫂說：「適才有一隊推油車經過這裡，他們還送給咱們幾個粗麵冷饅呢，我這就下灶去，替你煮一大鍋油湯，蒸一蒸饅頭，包管你有一餐飽飯落肚，病就好啦。」

沒油點不起燈，牛甲嫂一路摸黑進灶屋，打火生起灶火來，把冷饅給蒸上，又燒了一大鍋滾水，把那塊油布汆進去，一剎時，滿鍋都是油花兒，一屋子都浮騰起噴香的油味了。

牛甲的病正是餓出來的，兩個粗麵熱饅和一碗油湯下肚，人就坐起來了。

「妳是怎麼弄出油湯來的？」他問說：「是推油車的給了妳油了？」

「哪有那種好事？」牛甲嫂說：「是他們扔下一塊擦油簍用的油布，被我撿著了，我擰一擰，那上面有不少的油，就拿它放進鍋裡去，煮了一鍋油湯，留著給你喝的，是不是水添得多了，湯不夠濃？」

「嘿，妳真會把左話右說啊！」牛甲氣勃勃的說：「人說妳不知省儉，一點也不錯，那麼大的一塊油布，妳只拿它煮一鍋湯？……妳該拿剪刀剪下一個角，那樣，咱們不是能多喝好多頓油湯嗎?!」

「你是窮瘋了，餓傻了？」牛甲嫂說：「充其量只是一小塊油布，能有多少油沾在上面?!拿它煮了滿滿一鍋湯，你還栽派我不是，指我不省儉?嘿嘿，天哪，這種日子怎麼過啊?!」

夫婦兩個，為了這塊油布吵了一個早上，左鄰右舍的聽著了，都跑過來勸解，葛二嬸首先問起這是怎麼一回事?牛甲便把牛甲嫂撿到擦油簍的一塊油布，拿來煮了一鍋湯的事情，原原本本說了一遍，最後，他氣憤的攤開兩手，大聲叫說：

「諸位鄰居長輩，你們都在這兒，人說：路不平，旁人踩。請替我評評理看?這麼一塊油布，只煮一鍋湯，可不是浪費了油?……我是在想，假如她有點腦筋，把它丟在水缸裡，咱們家不是一直有油吃了嗎?!」

「你的想法固然要比她好些，」年紀大的高大媽說：「但也未免太自私了一點，我在想，假如把它丟在咱們村前的汪塘裡，那，咱們全村吃那塘水的人，不都是喝著那油湯了嗎?……牛甲嫂年輕不知省儉，簡直該打。」

「是啊！」葛二嬸也說：「開油坊人家出身的閨女，浪費慣了，日後還有誰敢娶?如今之計，只好把那塊油布從鍋裡撈出來，再放進汪塘去吧，這就好像吃茶一樣，那塊油布就是茶葉，泡了頭道，還能泡二道，頭道你們喝了，咱們全村的人，只好喝二道，好歹也能沾著些油味！你們說，誰還拿得出比這更好的辦法嗎?」

「葛二嬸兒，」牛甲嫂沒好氣的說：「如今我才算學會什麼叫省儉了！這塊油布撈起來丟進牛家莊的汪塘，還是太浪費，也自私，因爲只有一個莊子的人才能吃得到，不如乾脆把它扔到後面的大河裡去，沿河幾百里路的人，吃了河水，不是也沾著油味了?!」

「對啊！」葛二嬸說：「妳到底是聰明人，想出的法子又比我強上一等。那麼，咱們就把這塊油布扔到後面的大河裡去吧，我敢說：沿著河的兩岸，沒有誰如今是有油吃的，咱們這樣做，不是雪中送炭嗎？」

她這樣說著，眼裡露出一股飢餓的、悲慘的、半瘋狂的笑意來。她和牛甲夫妻以及旁人，心裡都明白，那樣一小塊油布扔進河去，下游的人，也許連一粒油花味也看不到，但他們都相信，他們內心裡樂於助人的意願卻是真實的。無論歲月再怎樣艱困飢寒，只要有這種意願在人心裡萌芽，這世界上的人就不會完全絕望，真正的孤單了。

日子就這樣反覆的輪轉過去。也許到了後世，在一般太平歲月裡成長的人們，過慣了豐衣足食的生活，會把它當成誇張失實的笑話來看。而在當時，在那種飢寒歲月中撐熬過的人們，決不會這樣想的，也許他們會笑，而在笑著時，他們會流出真情的淚來。這些生活才是歷史，他們本身就是主人。史書固可以鑑今，但一碗照得見人臉的清湯，又何嘗不能？用顫抖的手端著粗陶製的碗，在中國滔天的苦難裡，在北國鄉野的荒亂中，無數無數的人，都曾那樣照映過他們自己，一點酸苦的淚，從眼睛流至鼻翼，再滴落到碗心去砸碎人的影子，那便是真正的生存。

他們確是那樣的活過。

附記：

去年冬寒季，我應邀至輔仁大學演講，暨舉行座談，會中，一位青年朋友詢及抗戰及剿匪時期北方農民的貧苦飢寒生活，因為他的父親經常提及那些非人的生活情境，使他很難相信那是真實的。我當時便答覆他不必懷疑，當暴力侵凌的時刻，人為的災患和自然的災患交煎著，鄉野人們的生活確是不如犬馬。

最近由於世界性的能源缺乏，物資短缺的影響，常聽有人怨苦著。環顧當前社會，比之抗日和內戰期間一般人們的生活，真不知豐足千萬倍；一時有感，乃成此篇，不敢說怎樣勵人，至少可以自勵吧。

討油

那年河北鬧大旱，半年裡面，天上沒見一根雲翅，一夏連著一秋，太陽火毒毒的燒烤著，連埋在地底的老樹根全叫烤乾了，使受荒的人，連樹皮草根都吃不著。俗說：荒旱多盜匪，那是錯不了的。逐漸擴大的荒區裡，人們最先是捲起行李，逃往鄰近州縣去，乞討維生。由於逃荒的人群，多過遮天蓋地的蝗蟲，一般民戶難以應付他們，逃荒的人裡，便有人開始幹起盜匪來了。

盜匪一多，逼得地方上非拉起隊伍捕盜不成，不是動刀就是動槍。有時地方隊伍，捕獲了大批盜匪，不問情節輕重，也不管男女老幼，一律拉至郊野用刀砍矛刺，處決了事；有時盜匪大陣來襲，捉著當地的住戶，一樣的亂砍亂剁，使村頭躺滿了七橫八豎的屍身。

冀南近海的幾個縣份，災荒更重，曠野上，到處可以見到死屍。北洋的衙門不思撥糧賑災，反而派遣大批官兵，下鄉捕盜。那些如狼似虎的吃糧總爺，軍行賊後，以捕盜為名，向民間討吃的，討喝的，有時還要借人家的大閨女小媳婦用一用，民間那股怨聲，可就甭提了。

風化店東邊，有塊荒涼的窪野，當地人管它叫東大窪子。官兵在那兒反被盜匪圍住，雙方殺得天昏地暗；那場交戰，打得兩敗俱傷。單在窪地當中，雙方就遺下上千具屍體，除了官兵和盜匪在衣著上不同外，橫屍景況之慘，卻都同樣的不忍卒睹。

大旱使地面的浮沙厚積，略經風的絞颳，便像大霧一般的到處彌漫著，渾渾沌沌的一

片玄黃。隔著沙霧的日頭，火紅帶赤，裹著一圈黑裡帶金色的暈輪。由於大氣裡乾亢缺水，沙霧僅能遮住太陽威稜的形象，卻擋不住它輻射出的鬱熱；那陽光能把地面上一切東西都晒焦晒裂。那些暴露在沙地上的屍體，有的頭顱裂開，血肉模糊；有的斷肢缺臂，咬牙瞪目；有的胸腹被刀矛絞搠，活活剜出盈大的血窟窿，五臟六腑流了一地；有的死後身上還帶著刀，插著矛，而殺他們的人又被旁人殺死，倒在他們的身邊。……這些死屍，或仰挺著，或跪縮著，或俯屈著，或相互枕藉著，形形色色，不一而足。他們倒在觸目猩紅的血泊中，情狀已夠悽慘，再加上終天日曬，無人收埋，死屍逐漸臃腫腐爛。有些皮焦肉黑，有些頭大如斗，潰爛的傷口，聚滿了嗡嗡的野蠅子，肥大的白色蛆蟲，蠕蠕的朝外爬著。群屍蒸鬱出的那股瘟臭的氣味，人在數里之外嗅著了，都會噁心得作嘔。

不光是東大窪子一地如此，在其他地方，草溝裡，野路邊，土丘上，橋洞下，旱溪心，枯林間，同樣可以看得到許多無人收埋的屍體。有的是逃荒人中老弱多病的，自知捱不過，自殺死的；有的是拖著疲乏的身子，晌午心趕路，被太陽燒烤得全身失水，中暑死的；有的是在大起的奇瘟怪疫區受了感染，生瘟死的；也有的是遇上盜匪或北洋亂兵，被搶劫後，遭到殺人滅口的噩運；更有些年紀略輕的婦女，硬遭姦殺，屍體赤裸著，誰見著都會感到鼻尖酸楚，欲哭無淚。

北方鄉野上，一向重視收葬無名的屍骸，認爲一個人生前不論怎樣爲非作歹，多行不義，一旦到他們死後，都該入土爲安。暴屍郊野任由日曬雨淋，是人間至慘的事情。甭說是人，即使走路時見著死貓死狗，也都會停下來，用斷枝，甚至用手挖個坑，把牠們掩埋掉。並不是遊方的僧道才帶著方便鏟，隨時掩埋死去的禽畜，民間一般人，也多有這種傳統的習慣。但在風化店附近一帶地方，大多數人都逃荒避亂遠走他鄉了，僅留下極少數居民，瘟的瘟，病的病，挨餓的挨餓，也都行動維艱了，死屍多過活人若干倍，那能埋得了那許多啊！

東大窪子邊緣有個大村落，原有三四百戶人家，遭過一場大火之後，大多數的房舍都被燒毀了，變成一片廢墟。有少數人家沒受波及，一些簡陋的茅舍屋頂，散佈在廢墟當中，勉強還算有些稀落的人煙。這村落的當中，有一座很大的油坊。主人姓杜，所以，外人便習慣的把這個村落叫做杜家油坊。劫後倖存的人們，常在夜來時圍攏在油坊門前，談著許多恐怖的事情。

也許日子太悲慘了，各種經歷和傳言，也都是悲慘的，淒切的。談到年成的荒旱，有人埋怨老天，爲何半年不落雨，難道龍王自願乾得曬鱗?!

油坊的杜老爹不贊成這種說法，他捏著小煙桿說：

「話可不能這麼說，天有不測的風雲，這是一句常話。年成有旱有澇，有豐有歉，其實毫不足怪的。早年不是沒鬧過荒，要是有災賑，人也不會被逼得去當盜匪了；如今遍地

橫屍，只能怪人謀不臧，怎能怪責到老天的頭上呢?!」

「盜匪也太兇了一點，」另一個說：「要活大家活啊！他們任意擄劫，斷了旁人的活路，地方團隊，還不捨命跟他們拚嗎？」

「嗨，說這些有什麼用呢？」杜老爹沉沉的嘆了口氣說：「盜匪和地方相拚，業已很慘了，何況加上如狼似虎的北洋軍下來亂攪和；如今，屍橫遍野沒人收埋，咱們餓得連收埋屍體的力氣都沒啦，這種日子，簡直不是人過的日子，咱們又該怎樣熬下去啊？」

日子真是那樣的難熬。

太陽把所有的河溪、池塘都吸乾了！活著的人必得覓地挖井；他們在旱年挖井，只有採取古老的方法；夜晚用黃盆覆在預先揀妥的幾處地方，等到第二天清早，太陽沒露的時辰，翻開黃盆，比較盆心凝露的多寡，判出哪一處地下的水源較豐。有時使用這種選擇方法，仍不能覓出豐足的水源；便換用尋覓蟻巢的方法；通常，螞蟻擇巢時，對牠們居處的乾溼極爲敏感，遇澇，則遷居高爽之處，遇旱，則遷往陰溼之地，村民掘井，只要尋到螞蟻群聚的地方，地心必會有泉。

即使方法好，挖井這種重活，也不是飢餓的老弱能承擔得了的，承擔不了也得咬牙挖掘，大家都明白，人離了水，根本無法活下去，沒有深井，也就沒有水源了。

白天掏井，累得筋疲力竭，渾身都是泥漿，一到天黑下來，沒燈沒火的，誰也不願多走一步了；倒不是因爲勞累，主要的是每個人的內心都充滿了慘愁和恐怖。屍氣在空氣裡彌漫著，遠遠的荒地上，不時傳出食屍的野犬的長吠聲，聽上去，幾近乎豺狼的嗥叫。

人雖沒到村外去，但無數橫倒在村外的屍體，實在是村民們最關心的。忙於掏井求水活命，沒能掘地埋葬他們，一想起來，心就結成一把疙瘩，說多不安有多不安。那些死屍一放放了十天半個月沒人收埋，在這種大熱的天氣，會變得怎樣了呢？

風化店有個過路的客人，經過杜家油坊，討水歇腳，村上人圍住他問長道短。他形容曠野上的屍氣濃烈，蒸蔚成煙；枯林子裡，成群的食屍犬，紅著眼在爭逐人骨；多數屍體上生了一層霉綠，尤其是破了的肚腹裡面，竟然會生長出一簇簇白色的菌子，那是細莖尖帽的鬼頭菌，傳說全是腐屍的屍毒孕化出來的。

「太陽那樣火毒，」他說：「那些死屍的臉，臂上的皮，全叫曬裂了，皮邊朝上捲，一塊一塊的，像是龜背上的花紋。」

「唉，人活在世上遭劫難，誰知死後，連屍身也要遭劫呢！」杜老爹嘆息說。

「老爹說得一點兒也沒錯，」過路的客人說：「紅眼的野狗拖屍，還挑挑嘴，——專揀新鮮的屍體啃。在北邊，有人傳說黑裡出現一種怪獸，高有七尺，虎頭，狼尾，人身，渾身長著金毛，牠不吃死屍，但專吃死屍的腦髓，牠的爪子尖銳如鉤，很輕鬆的就能抓破

死屍的天靈蓋兒（即頭蓋骨），牠的食量又很驚人，一夜能吞下幾百副人腦，……人管這怪物叫做人殃。」

「咄咄！竟有這等怪事?!」

「更怪的事還多著呢，」過路的客人眨著眼，聲音飽含著神秘的驚恐：「說是有個走夜路的漢子，走累了歇在枯樹林裡，林外都是屍首，那夜，月亮露頭不久，隔著風沙，就見死屍裡有一個站起來大叫：『人殃來了！人殃來了！』接著，所有的死屍，或站或坐，起了一片嘩動，都互相警告說：『人殃來了！人殃來了！』……死屍會動會叫，那真是嚇得死人的事情，饒是那走夜路的漢子有膽量，也嚇出一身冷汗來。他沒聽說過『人殃』是什麼東西，爲什麼連死屍都害怕牠？他一面索索的發抖，忍不住的仍偷眼朝林外看著。群屍騷亂一陣，重新躺下去，寂然不動了。過了一會兒，從風沙裡跳出這麼個怪物，就像我剛剛形容的一樣，牠走到屍堆裡，抓裂死屍的天靈蓋，吱吱作響的吸食死人的腦髓。忽然，牠朝林子裡走過來，走到那趕夜路的漢子的身前，低頭嗅了一嗅，便逃走了，彷彿怕什麼似的。趕夜路的漢子心想，牠怕什麼呢?原來他剛打了一瓶花生油，他想，那怪物該是怕聞臭油味吧？」

「我說老哥，您真會講話，」杜老爹苦笑笑說：「您不是看到我這座油坊，才這麼說的吧?我的油坊裡，還有幾簍花生油，那『人殃』再厲害，怕也不會來啦！」

「啊，不不不，」過路人叫說：「我這個人，是從來不會說瞎話的，真的有『人殃』這麼一種怪物。您沒聽風化店北邊幾個村子上的人說，近些時，一逢到夜晚，就有凶死暴屍的鬼魂，拎著一盞陰慘慘，青濛濛的鬼火燈籠，出來向莊戶人家哀聲的討油。傳說只要在死屍嘴唇上塗些花生油，人殃一嗅著便跑，不會再吃那具死屍的腦髓了。有人這麼試過，第二天再去察看，——凡是嘴上塗油的死屍，腦袋都原封沒動，那些沒塗油的，腦子正中間都沒了天靈蓋兒，裡面的腦髓也被吸空了！」

過路的客人也有五十出頭的年紀了，人長得矮墩墩，厚實實的，有些駝腰縮脖子，滿臉都是很憔悴的皺紋，看上去，真不像是個信口開河說瞎話的人。

能說不相信嗎？在那種生活裡，什麼樣怪異的傳說，都有人相信著，——人算是被嚇破了膽了，何況乎過路的客人又說得那麼活生生的，好像他親眼看見的一般。

「唉，可憐吶，」杜老爹心腸軟，喟嘆一聲說：「想到那些死屍，沒死時，又殺人又放火的，把我們害得這樣慘，誰知死後也要落報應！……聽了心很不忍，要我拎著油罐子，逐箇兒在他們嘴上塗油，我是辦不到了。若真有那樣的鬼魂，拎著鬼火燈籠，黑夜裡來叫喚著討油，咱們村上，多少還能幫他們一點兒忙。」

「這年頭，人活得無助，鬼倒有人幫忙了！」一個掉光了牙齒的老婆婆說：「老天爺怎麼那般顛倒?!」

風揚著沙煙，旱災持續著。

說故事的過路客揹上他的行囊，走了，而他所說的這些故事，卻烙到杜家油坊居民們的心裡去了。誰也沒見著「人殃」這種怪物，但大家都深信有這個專食吸人腦髓的魔獸，恆常在黑夜裡出現，村裡人便約束孩子，只要太陽一落山，就不准他們再出門了。每個黑夜都顯得那樣漫長，風聲呼呼的劃過火焚的廢墟，野狗狼嚎著，很多不可或測的事情，彷彿都在黑裡孕育著，不光是幽靈鬼怪的傳言，誰知道盜匪和亂兵會不會再兜馬回來？會不會再捲劫和開戰？

他們通常在黑裡坐著，有些人膽怯怕黑，燃上壁洞裡的小油盞，燈燄綠瑩瑩的，幾乎照不亮人的眼眉；饒是如此，他們仍怕燈光射至戶外去，會惹上災禍，所以，多用黃瓢或黑布罩兒，把燈燄遮擋起來，使一圈兒束聚了的燈光，只能照在地面上。

迷信的村民恐懼怪物「人殃」，有事夜出時，總要用絲瓜穰子沾點兒花生油，塗在嘴唇上，相信那樣就會辟邪。油坊裡的杜老爹，是杜家油坊的尊長，他為了祈求村上人們的平安，經常在入夜前焚香拜神，祝禱諸天神佛，能鎮壓邪魔。

「黑子，你睡覺要放精點兒，聽著外面有動靜，就得趕快告訴我。」他跟榨油工黑子說：「假如來的是亂兵和盜匪，咱們得傳告村上人，要他們躲進地窖，藏進夾牆；假如來的是邪魔鬼祟，咱們就響鑼嚇退牠！」

「是啊，老爹，」黑子有些莽撞撞、傻乎乎的，他齜起一排黃牙說：「要是『人殃』進了村子，只怕響鑼也唬不退牠吧？」

「不要緊，」杜老爹說：「那種吃死屍腦髓的邪物，不會來犯活人的。即使來了，咱們每家都已舀了花生油去，可以拿來潑牠！」

說是這麼說，但傻憨的黑子心裡，始終懷疑著這世上會有人殃這種怪物，也不敢相信幽靈會打著鬼火燈籠，到村裡來向居民討油去潤唇。油坊經過兵燹之後，長工、短工和師傅們，都死的死，散的散了，只有榨油工黑子還留在杜老爹身邊，替油坊照應門戶。黑子住在油坊一側的棚屋裏，緊靠著驢槽。驢槽原拴有六七匹牲口，全叫盜匪牽走了，只留一匹跛了腿的老黑驢。黑子相信那種傳說，說是黑驢有陰陽眼，白天見人，夜晚見鬼，他就拍著黑驢說：

「驢老哥，你得多幫忙，見著穢物，只要嗚昂嗚昂一叫，我就好醒來收拾它啦！」

黑子床肚下面，藏的有一柄生了鐵鏽的單刀片兒，鋒利雖不夠鋒利了，但使起來還算稱手，總要比手無寸鐵好得多。

這樣熬過兩個夜晚，老黑驢並沒有鳴叫，村上的人們，也沒聽著什麼怪異的動靜，但等到第三夜，動靜就來了！最先聽到的是風裡傳來的一種叫喚聲，幽幽怨怨，哀哀戚戚

的，一聲又一聲的重複著，都是那種嗓音，那種不變的調子，好像是打地層下面發出來的：

「鄉親，老爺，給咱們一點兒……油……啊！」

「鄉親，老爺，給咱們一點兒……油……啊！」

風吹著，沙揚著，這非人的哀泣聲隨風流轉著。村上的人匿伏在屋子裡，側耳諦聽著，都悄悄的傳告說：

「聽吧，外面那些冤鬼，真的來討油來了！」

自從那怪聲哀泣被村民們聽著了之後，他們便趁著白天聚到油坊杜老爹那兒，商議著該怎麼辦？怔傻的黑子首先跳起來說：

「管它什麼鬼?!它既到村裡來煩擾人，弄得人惶惶不安，咱們就來硬的，把它給轟走！」

「不要胡說！」杜老爹叱說：「這些冤鬼，為怕『人殃』吸它們的腦髓，找咱們哀乞一點兒油，塗了避劫的，咱們說什麼也該給它的，鬼沒惹人，人又何必去惹鬼呢?!」

「還是杜老爹說得有道理。」沒牙的老婆婆說：「朝後天沒落黑，咱們每家每戶，就放一盞油在門前的路上，算是賑濟冤鬼的，它們有了油，能逃得災，避得劫，說來也是一宗大功德啊！」

「對！」有人附和著：「鬼要討油，咱們就給它油吧，消解怨孽，總是好的。」

大夥兒商量好了，就回去準備油盞，添上了花生油，在黃昏日落的時刻，把油盞放到村口的沙路上，或是土地廟前，等著靈鬼來取。

夜深時，拎著鬼火燈籠的幽靈真的又出現了。有些人曾伏匿在窗子背後偷看過。據他們說，風沙太大了，霧濛濛的遮隔著，使人看不清楚，只見到一條模糊的黑影子，彎腰駝背的，緩緩顛躓著，那盞鬼火燈籠是暗青的顏色，真帶著一股令人寒慄的鬼氣，那幽靈在村裡繞著圈兒，在收取油盞裡的油時，仍用哀切的聲音叫喚著，這回不再是討油，而是叫說：

「鄉親老爺們，謝謝你們賞賜的油啦！」

杜家油坊的人，免不了爲這宗怪異的事情認真談論起來。有人認爲陳屍郊野的亂兵和盜匪，不論他們生前是怎樣的窮兇極惡，但他們死後做事，卻算頗知禮數，收取每一盞油，都要叫喚一聲謝謝賞賜，單憑這一點，耗費一盞油也是值得的了。也有人認爲死屍若能在嘴上塗油，驅退那可怕怪物「人殃」，不但鬼靈免了劫，連帶著，使杜家油坊的活人也受了惠，濟鬼也等於救了自己，甭說一盞兩盞油，就是再多費些，也不算什麼。

油，確是鬼討了去的，有人從郊野來，證實了若干死屍的唇上，真的塗著油，無論如

何，耳聽總不及眼見可靠，有人親眼看見，這還假得了嗎？可是，傻長工黑子偏偏不肯相信這個，他固執他的看法，認爲鬼靈不可能講叫出聲，前來討油，這裡面怕另有文章。

「這不是硬拗的事，黑子。」杜老爹責難他說：「不信，總得有不信的道理，你難道沒有看見在風裡搖晃的鬼火燈籠，難道……那些都是假的?!」

「我說了，老爹您又不相信，有什麼辦法?!」黑子說：「人瞧我樣子長得粗傻，就全把我看成傻子，其實，我一點兒也不傻！……就算是世上真的有鬼好了，鬼也該是無體無形的東西，不會發聲喊叫，有人看見那拎燈籠的影子，走路都慢吞吞的，哪兒像是鬼啊?!」

「依你說，它是什麼呢？」

「我看十有八九是人裝的，」黑子說，「人裝成鬼，早先並不是沒聽說過，這個傢伙，是藉鬼爲名，來村上斂油的，……您要肯相信我，我就有法子把他找出來。」

「嗨，說你講話很邪，你可是愈來愈離譜了。」杜老爹說：「荒唐！」

黑子被罵得眨著眼，不說話了。杜老爹不相信他，他不願再明著頂撞，但他心裡仍然不服輸，暗暗打著算盤。不用說，整個杜家油坊的人，連杜老爹在內，都已經相信鬼討油的事實，單是自己懷疑，有誰肯聽信呢？若要使他們相信，只有一個辦法，那就是等那幽靈在夜晚拎著鬼火燈籠出現的時候，自己一個人悄悄追躡著它，看看它究竟是什麼？如能把它捉住帶回來，就不怕村上人不信了。

從那鬼靈討得油去之後，每隔三兩天，月黑風高的夜晚，它就拎著鬼火燈籠來討一次油。虧得杜家油坊是產油之地，每戶多送幾盞油，還承擔得起。凡是那夜鬼來哀叫著討油，第二天黃昏時，居民們就把油盞送到村口，廟前或野林裡去，讓野鬼去取油。

這天夜晚三更天，冤鬼拎著青幽幽的鬼火燈籠來取油了。傻長工黑子聽著風裡的哀喚聲，便悄悄的披起衣裳來，拎了那柄生鏽的單刀，循聲追了出去。風絞起的沙灰撲打著人臉，黑子瞇起眼望過去，看見那拎著鬼火燈籠的黑影子，忽隱忽現的在遠處蠕動著，正朝村口那邊走過去。由於它移動得並不快，黑子很容易便接近了它。從背影上判斷，那並不是鬼，而是一個穿著黑袍子的人，身材肥胖，個子很矮，看上去步履蹣跚，像是上了年紀的樣子。他手裡拎著的，也不是如傳言所說的鬼火，而是一盞大的燈籠，不過，糊的不是白紙，而是青色的粗布罷了，所以從遠遠的地方看，青幽幽的，像滾動的鬼火一樣。

他朝前艱難的走著，佝著腰，駝著背，腦袋低低的埋著，根本沒察覺黑子跟在他的背後。

以黑子的年紀和強壯的體力，原可以一躍上前，就把他給揪住，但黑子心裡好奇，總想悄悄的多跟他一段路，看看這個裝鬼的人究竟要幹些什麼?他又住在什麼地方?等到全弄清楚了，也不怕他會跑掉。

那個黑衣人走著，走到村外的路口，用燈籠映照路邊陳放著的油盞。細心的村民爲怕飛沙把油弄污了，每隻油盞上，都加上蓋子。黑衣人蹲下身，從他手臂間取下一隻瓦罐兒，緩慢而小心的，將油盞裡的油傾倒進瓦罐去，然後，再將油盞蓋妥，放回原處。他這樣一盞一盞的收油，每收一盞，都要用哀戚的腔調叫喚著：

「鄉親，老爺們，多謝您賞賜啦！」

黑子不禁惑到困惑起來，照這種情形看來，這個年老的黑衣人，並不像是歹人，那他爲什麼又裝鬼來村裡討油呢？也許他被什麼嚇著了，顯得精神錯亂，才這樣顛顛倒倒，半夜裡發作的吧？……心裡一有這種念頭，他更不願意立即聲張了，要跟，就跟到底，總會把事情給弄個明白的。

黑衣人在村口，土地廟前，枯林邊，一共收了幾十盞油，然後，轉頭朝南，向東大窪子那邊走過去，黑子仍然躡手躡腳的跟著。東大窪子是陳屍最多的地方，風勢再大，也盪不盡那股屍臭的氣味，饒是黑子的膽量大，偷眼瞧見附近的那些腐屍，心也發起毛來了。

而那穿黑袍的人，一點也沒有害怕的樣子，他拎著燈籠，東邊照照，西邊照照，嘴裏喃喃的說：

「可憐哪！暴屍露骨，還要受人殃的罪！」

他一面說著，一面取出一塊破布來，蘸滿了瓦罐裡的油，逐一的，替那些腐屍擦嘴唇，對那些沒有頭的，就把油滴在他們的身上。

那些屍體大多腐爛得差不多露出骨骼來了，腐蝕的肉塊，各呈霉綠、醬紫和黑色，多半沾著一層黃沙，黑夜裏，在黯淡的燈籠光下看，更顯得像鬼域般的可怖。黑子看見黑衣人這樣做，更把他當成瘋子了。

黑衣人一具一具的用油布塗抹屍體的唇，一直塗了一個更次，總塗有六七十具之多，然後打著呵欠說：

「我得去睡上一覺了，餘下的，改天再來塗吧！」

黑子跟著他走，走到離村子不遠的一座廢窯那裡，當對方想躬著身進窯時，黑子上前去，一把拉住了他說：

「慢點兒，今夜你得把話說清楚。」

對方顯然大吃一驚，轉過身子，目瞪口呆的朝黑子望著，望著黑子手裡橫著的那柄單刀，便哆嗦著說：

「大爺饒命，我身上是分文都沒有的。」

「你以爲我是盜匪？」黑子說：「我可不是攔路劫財的！……我叫黑子，是杜家油坊的夥計。」

「那您要什麼呢？」那人說。

這回黑子可看清楚了，原來那人不是旁人，正是前幾天從油坊過路，歇腳討水，跟村民說故事的那個過路的客人。

「我只想跟您談談。」黑子緩下來說：「您原來沒有走，躲在這座廢窯裡，您爲什麼要夜晚裝鬼，拎著燈籠到村上去討油呢？」

「不錯，」那老頭兒說：「我夜晚拎著燈籠，到村上去叫喚著討油是真的，但我並沒裝鬼啊！……也許村上人嚇怕了，都把我當成鬼看吧？」

黑子認真想想，這穿黑衣的老頭兒說得不錯，他只是拎著燈籠去討油，並沒有說他是鬼，也沒有扮成鬼的樣子，果真只因爲村民膽小，不敢走出屋子看，才把對方誤認是鬼的吧？

「您替死屍唇上塗油幹什麼？」黑子說：「難道當真有『人殃』那種怪物？」

「誰知道呢？」那老頭兒說：「我不是跟杜家油坊的人講過，——北邊有許多人，都是這樣講的。小哥，你收起那怕人的單刀，進窯來坐一會吧，不論你要問什麼，我都願意說給你聽！」

窯裡是破敗荒涼的。

老頭坐在一束乾草上，把燈籠放下來，跟黑子說：

「我在北洋軍裡吃糧，幹伙伕頭幹了好幾年了。我是北邊小王店的人，硬被拉伕拉了來的。這回調下鄉剿盜匪，隊伍搶掠得比要剿的盜匪還厲害，結果雙方在這一帶熬上了火，雙方都死了成千的人，我算走運，是打屍堆裡爬出來的？……仗打過了，官兵沒了，盜匪散了，我想，我該摸著回家去了，走到風化店，聽人說起人殃吸食死屍的腦髓，我想到這些屍首，便又拐回來，夜晚到你們村上去討油，逐具塗些油在他們的唇上。……人死了再遭劫，多令人難過啊，這事我不幹，還有誰幹呢？屍臭逼得人喘不過氣來。」

「您貴姓啊？」黑子說。

「我姓張，」老頭兒說：「旁人不管我姓什麼，都管我叫伙伕頭。」

「我說，張老爹，」黑子說：「您替那些死屍塗油，分不分誰是北洋老總，誰是災區盜匪呢？」

「有什麼好分的？」老頭兒嘆說：「隊伍裡都是熟人，而那所謂盜匪，也都是老鄉親，何況他們都已經死了，還不都是一樣嗎？」

黑子認真的點點頭，心裡跟著嘀咕：是啊，死屍就是死屍，哪還分什麼亂兵和盜匪?!不要講這位張老爹幹這事愚魯吧，他可真的關心著這一野遭劫的死人呢。

「我說，您也該早點兒回家去啦！」黑子說。

「是啊！」張老頭兒拎起油罐子說：「我討油，只用一點兒塗屍，其餘的，盛在瓦罐

裡，也積聚有好幾斤油了。我朝北邊走，身邊雖沒有盤纏，但能舀點油跟人換些吃的，——這些油，不但救了死屍，可也救了我的命啦，我收油時，能不說聲多謝老爺們賞油嗎？」

「您也真是，」黑子說：「您要在那天就把話說明白，油坊的杜老爹會留您住下，您要回程，杜老爹也會想法子給您點兒盤纏花用的，夜晚冒著風沙，一盞一盞去收油，多辛苦啊！」

「不要緊，我是辛苦慣了的。」那個說：「有了這一瓦罐的油，足夠我回老家小王店去的了。」

黑子是在天亮前趕回油坊去的。在那廢窯裡，和張老頭兒談話，變成了一項秘密，他沒有跟其餘的村民談起黑夜追蹤這個老人的事。當那老人不再拎著燈籠，出現在杜家油坊，喊叫著討油時，村民們都以爲鬼討油業已討夠了。黑子心裡感覺很欣慰，因爲只有他一個人知道，那個張老爹，業已拎著一瓦罐油，上路回家去了。

鬼討油的故事，雖然是以訛傳訛走了樣兒，但那「人殃」吸食人的腦髓的故事，卻連黑子也相信是真的。剖人心挖人腦的邪物，連死人都不肯放過，黑子一想著就覺得恐懼，因爲他明白，單憑那柄生了鏽的單刀，無論如何是抵擋不了的。

風吹著，沙揚著，火毒的日頭燒烤著，人們能忍得一切自然的荒旱和災變，但極難忍受人謀不臧的苦痛；這些道理，都深深含蘊在極爲原始的傳說之中，憑著傳說的象徵，當人們遇著暴力迫壓時，他們就會用這些傳言和現實作爲比映。

誰去爲今天橫屍北國的人去塗油呢?!

黑子那種憨樸的人，是不會想得這麼遠的。

鬼窟

一、衰運

湘西出生的朱景原，原住在陸軍單位幹車輛保養修護，卅八年跟殘部來台，才被編遣到空軍，幹起車輛保養修護的老行當，按專長分類，他算是技術士官，他雖沒什麼學歷，但肯學肯幹，單位也很器重他，在工作上，他經驗老到，游刃有餘，可說一帆風順，沒什麼可講的，毛病卻都出在他湘西的籍貫上，地處深山大澤中的湘西，一直充滿神秘，也以荒遠神秘知名全國，沈從文的名著《邊城》，寫出它美麗的面貌和濃郁的鄉情，但「湘西趕屍」的傳說，更是怪誕離奇，膾炙人口，聽說老朱竟是那裡的人，自然會爭著問長問短，逼得老朱像招供似的，幾乎把能記得的事全部掏光。

通常，人們都慣把湖南人稱做「湖南騾子」，形容他們脾性剛直暴烈，有一股不轉彎的拗勁，但在老朱身上，卻很難嗅到一絲湖南人的辣味來，他平素沉默寡言，學修護技術很認真，但對人熱心熱腸，是個有求必應的好好先生，他是在單位裡，首先申請結婚的士官，對象就是眷區附近菜市場賣菜人家的女兒，婚後一時配不到眷舍，就在眷舍後邊，靠著牆搭建克難小竹屋，築成一個小窩，不到兩年，太太就幫他生了個兒子，取名達宏。

當時單車流行，眷區很多較大的孩子，都騎單車上學，單車出了毛病，就推去找朱叔

叔修理，一個能修汽車的機械士，修單車只是小事，門口待修的單車停上好幾輛，老朱下班後，取了隻小竹凳，打開工具箱，叼著煙捲，修得很樂乎。太太很嫌煩，嘮叨他無聊，老朱卻笑說：

「唉，我這可是替日後找退路，有天退伍下來，開個單車店，管賣管修，包準有生意。」

「靠你這麼辛苦糊口，還不如我去賣菜呢！」太太說：「我們有兒子了，我寧可苦些，也要爲他積蓄學費呢。」

朱太太本就生長在賣菜人家，對本行自然熟悉，在市場的人氣也旺，但在老朱看來，行行都有它的艱苦，菜販能賺的，通常只是批發和零售間的差價，如果批進來的都能很快賣完，賺錢落袋，才算真的賺到，如果菜賣不完，腐爛掉了，那就白辛苦了，學問全在批進的種類和數量，要拿捏得準，老朱相信太太比自己更懂得這些，但她要把小孩兒在背上，半夜騎車去批發市場，把菜買回來，清洗，分類，整理妥當，天剛一亮，就要放在菜市攤位上，這種事，她一個人是幹不了的。

「好啊！」老朱說：「看樣子，我們的退路更寬了，等我哪天退下來，我幫妳賣菜，再教妳賣單車，咱們兩樣都幹，把兒子送進大學。」

按理講，這對憨厚的夫妻，原該能得天助，心想事成的，但事實恰恰相反。在兒子達宏上小學的第二年，一次意外的事故，害得老朱摔傷了腰和腿，住了很久的軍醫院，膝關節動了手術，自是勉強能走動了，但腰椎神經受損，復原情形很不理想，只能報請因公傷病退役，拿了一筆傷殘費用，回家養息。

朱太太不得不去租攤位賣菜了。丈夫能幫忙她的非常有限，她只有找她已經嫁給瓦窯工的堂妹來協助，由於眷區的眷屬們都同情老朱，不但搶著買朱太太攤上的菜，還願意廉價分買她賣剩下來的菜，讓朱家生活得下去。

老朱自己耐心做腰部復健，長期做下來，情況改善不少，兒子達宏升上四年級時，老朱終於使單車店開張，店址就在菜市場的邊上。

但幫忙賣菜的堂妹生了女兒素雯，不能再幫她了，使老朱不得不接過手來，幫太太用板車拖菜回來，再壓水供她清洗，兒子達宏也幫媽媽整理，鄰居們形容他們是「全家上陣」。

日子流水過著，那嫁給瓦窯工的堂妹，自己也變成一座「瓦」窯，三年生三胎，全是女兒，瓦窯工收入有限，驟然擔上這付沉重的擔子，累得病倒下來，她要找工打，拖著三個孩子，哪能出得了門？目前已把二女兒送回娘家暫時寄養，有意把素雯送給別人家做養女，小的一個還沒斷奶，她只好自己帶著。

做姐夫的老朱聽了很難過，和太太合計一下，提出他當年退伍時所存的傷殘輔助金，

全數給了她救急，並願意正式認養素雯，素雯到朱家時，虛歲五歲了。

時間會改變許多事情，摩托車興起後，單車逐漸沒落了，老朱看出這種情勢，把單車店立即盤讓了，回家幫助太太「純賣菜」，全家也都變成早起的鳥兒，大半夜裡，他拉板車出門，達宏騎單車陪他，也做了他的小助手。朱太太又有了身孕，老朱不讓她做粗重的事，她只能做早餐，準備整理運回來的菜。

素雯年紀雖小，卻也很快融入這種早起的生活，她學著認識那許多的瓜果蔬菜，媽媽出攤子的時候，也總把她帶在身邊，讓她幫點小忙，比如給熟客人倒水，去商店換零錢什麼的。

達宏很關愛這個妹妹，放學後，常騎單車帶她去空地放風箏，那風箏是哥哥親手紮的，糊上水棉紙，四角還剪貼雲頭花，那是一隻美麗的蝴蝶，蝶身上還寫了「素雯」兩個字。

「這個風箏就是妳，素雯。」哥哥撫著她肩膀說：「不要以爲妳命苦，等妳長大了，就會飛到天上去的。」

素雯只覺哥哥對她真好，媽塞給他的零用錢，哥總在帶出去時，買些烤香腸、蚵仔麵線給她吃，並且告訴她，回家不要跟媽講，那都是他從買文具的費用裡省下來的。

爸對達宏和素雯一樣的好，運菜回家，也常包些滷蛋、滷豆干給他們吃，媽常當著人面，說她是苦命的丫頭，爸卻從不這麼說，總說：這是我的寶貝女兒。哥疼她，爸愛她，素雯心裡知道。達宏哥進了國中，爸患了高血壓，剛生了妹素霞，媽又患了氣喘，逼不得已，把唯一能維持生活的菜攤也盤讓了，全家坐吃山空，只靠每半年發一次退休生活補助費，哪夠全家糊口的？

媽去廟裡求籤，得的是下下籤，又是找人算命，命理師直指他家充滿衰氣，要走很多年的下坡路，還提醒她要防家中突發的變故。

媽回家愁眉苦臉，唉聲嘆氣，對爸原原本本的說了，爸緊皺著眉頭，認真的聽著，神情有些呆滯，過半晌才說：

「我知道，這些年我們都太辛苦，更把妳身子累壞了。如今連菜攤都收掉，沒了進項，這麼乾耗下去，根本不是辦法，我得好好想想，路，總是人走出來的，擔子再沈重，我也得挑著，妳也甭把籤上的言語，命理師講的話拿來嚇自己，反而影響到孩子，妳放心，很快會有決定的。」

那天晚上，爸去小店買了煙和酒，切回一盤滷菜，邊喝酒，邊在悶悶的想心事。第二天，他就對她說：

「命理師講的衰氣，也並非沒有些道理，打從我受傷報退之後，總覺眼前黑忽忽的，有些非雲非霧的東西盤繞，我小時長在湘西大山裡，當地的人，也多有相信命理的，他

們常說：『鴻運當頭不怕鬼』，又說：『人倒楣，騎蛤蟆都會打蹶子』，不管我們信與不信，總要時時當心。我有個老長官，營長退役，如今在台北郊區的鎮上開摩托車行，兼賣二手車，他那邊自設小型修護廠，我想他那邊，需要我這樣的人去幫忙，修車是我老本行，我相信自己的技術和經驗，他會用我，我這就去看望他，等事情有眉目了，我們再談搬家的事。」

老朱坐車到台北去找老長官，老長官見到他像撿到寶似的，拖他去吃飯，邀他去參觀他的兩處車行和小型修護廠，在得知他的近況後，表示要他趕快來，去修護廠擔任主管，監督他召來的毛頭修護工，給他的待遇，比辛苦賣菜高上三倍，老朱這可吃下一粒定心丸，要把這個好消息，回家告訴太太。

誰知好消息抵不上壞消息，就在他離家北上的那天早上，騎車上學的兒子達宏，竟被瘋虎樣的砂石車撞死了，撞倒人的砂石車並沒停車，當時就開跑，達宏的同學趕回來，告知他的噩耗。她跑去報警處理，人暈過去好幾回，她告訴老朱這件事時，言語顛倒，痛哭流涕，又暈倒在沙發上。

達宏才十三歲的年紀，又那麼乖巧孝順，竟然遇上飛來橫禍，慘死輪下，真把做父母的心活活輾碎了，連著幾天跑警局，處理後事，老朱的臉整整瘦了一圈，皮膚乾縮，擠壓出許多皺褶，嘴角的鬍渣子在皺褶中根根直豎著。朱太太更像一下子老了十年，呆坐在屋角乾喘，像個幽靈。素雯陪在媽身邊，想到達宏哥，她的兩眼就又紅又濕，但她要帶妹妹，還要做些家事，一場喪事忙完，老朱決定把克難房子讓給單位的同事，立即搬離這傷心之地。

俗說：福無雙至，禍不單行，他對老單位爲他送行的同事說：「看來我的衰運還有得拖呢，人有口氣在，再遇上什麼也得頂著。」

二、噩夢

新租的房子，是一幢ㄇ字形四樓公寓的一樓之一，隔著淡水河，和台北市遙遙相望，這幢舊式公寓，除二樓房東外，全部出租，裡面擠了幾十戶人家，多半是外縣市來討生活的。

房子的型式一樣，都是兩房一廳，總計不到廿坪，位在殯儀館和公車總站附近，好處是交通方便，房租低廉，壞處是與鬼爲鄰，感覺上有些陰森。

爲了早一點把家安頓，老朱是按著報紙上登的招租小廣告，跑了整天，才決定租下它的，因爲這兒離他工作的修護廠，只有三站路，騎單車也只消十分鐘就到了。

房裡的家具，是老長官親自帶他去舊貨行買的，包括雙人床、上下床、舊沙發、舊黑

白電視、飯桌椅……等等，全是老長官送他的，老長官還告訴他說：

「景原，我知道你有喪子之痛，但你既來了，就得適應都市生活，在大台北周邊過日子，幾十塊過一天也是過，幾萬塊錢過一天也是過，錢要省在刀口上，買家具就是第一課，你知道買這些舊家具，總共花了多少錢嗎？我得告訴你：還不到五星飯店的一桌飯錢，這些家具，原來要送上垃圾山的，一套原價五千塊的英國毛料西裝，到萬華舊貨攤，只賣七十塊，社區電影根本不收費，但兩年前，黃牛票已經賣到廿塊了！三塊錢可以吃飽肚子的路邊攤，換一個地方，可能花費三千，這就是生活的奧妙，這可是你當年在軍中，沒法子領略到的。」

老闆在說這番話的時刻，素雯是呆坐在一邊的小聽眾，她聽不懂，但記憶深刻，她只知道，爸當時認真點頭，表示領悟，但深藏在爸心裡的失子悲情，仍浮在他的皺褶上。老爸仍持續他大半夜早起的習慣：煮好菜，做好飯才去上班，但每晚回家，總帶一包滷菜和一瓶酒，鬱鬱的喝著。

媽幾乎完全不能操持家務了！爸擔上全部家事的擔子，但他每天所做的菜，就是辣子雞丁、毛荳炒豆腐、滷豆干、麻婆豆腐……而且，每餐都少不了酒。素雯猜得到，爸心裡始終沒忘記哥哥在世的一切。其實，她也日夜想著哥，搬家時，她始終沒忘記帶來那隻蝴蝶風箏，把它掛在臥床上舖的牆角上，風箏有些泛黃，彩色的雲朵也沉黯了，但達宏哥那張微紅帶汗氣的臉，在記憶裡並沒改變。

爸分明在強忍，在媽面前，閉口不提，每晚都在客廳的小飯桌邊，獨自喝著悶酒，媽就坐在破舊的沙發上，看她的連續劇，素雯也不敢出聲，她想到哥就想到眷區的日子，一家人爲早晨賣菜忙碌，還有說有笑的，搬到公寓五十八號來，進來出去，每人都掛著一張冷漠的臉，誰也不理誰，全不像眷區有那種濃厚的人情味，一場車禍奪去的，不單是哥的一條命，全家溫暖的氣氛也全被帶走了。

夜晚入睡前，素雯總要伸手去摸摸那隻蝴蝶風箏，追想它在藍天白雲下飛舞飄搖的光景。哥總對她說：等妳長大就能飛上天了！但日子這般冷寂，彷彿把時光凍住了似的，哪天才能長大，可得要苦苦的熬著了。

連素雯自己也弄不清，她竟能在黑暗中透過牆壁，很清楚的看見客廳中的一切。她只要把臉轉朝牆，就能看到那台黑白電視，銀白的螢光幕上跳動的人影，有時看見老爸，他正坐在沙發邊角上吸菸，這不再是牆，卻像玻璃一樣的透明。這並不是夢，她分明完全清醒著，連自己也被這種情形嚇得害怕起來，她不敢對人講出這個秘密。

緊跟著，她在睡夢中竟然被搖床搖醒，她睜開眼，垂吊的小燈還在搖晃，她想伸手去抓住床邊的護欄，但手臂軟綿綿的，總也無法碰到床沿。床真的在搖，床板床架都吱吱咯

咯的響，她看不見房裡有人，如果是地震，整個房子全會搖動，但她看到窗子、椅子都不動，只有床動，她嚇呆了，根本叫不出聲，倒是睡在下鋪的素霞先驚哭起來。

在客廳的爸想必也聽見動靜，急忙趕過來，推門看到這種情形，也不禁愣了愣，等搖動停止才走進來。他先抱起驚哭的素霞，輕輕拍哄著，做媽的也過來看望，問是怎麼了，老爸沒答她，卻把素霞交給老媽說：「沒事，妳先抱她去睡。」媽抱走孩子後，老爸留在屋裡，東瞧西看，又打量著牆和屋頂。

「這又不是老房子，怎麼會呢？」他喃喃自語說：「有什麼不乾淨的東西，儘可找大人，幹嘛要來嚇唬孩子?!」他轉眼看到瞪大眼坐在上鋪的素雯，低聲說：「快睡下，不用怕，天就快亮了。爸就在門口竹椅上躺著，門不關，妳放心睡。」

有爸在旁邊，素雯蒙頭睡到天亮，但卻惡寒發熱，渾身火燙燙的起不了床。老媽認定她是遇上邪靈惡煞了，要爸去香燭店買回大包紙箔，回來焚燒拜拜，口裡不停祝禱，直唸：阿彌陀佛。但事情並沒了結，素雯的寒熱略見消退了，床是沒有再搖，但又換了旁的招數。

一夜，她聽到自己在哼，覺得渾身被緊緊捆住，睜眼一看，有個人倒貼在房頂上，看不清面貌，只是一個鑲著螢光的人形，黑得透明，兩隻眼珠閃閃的打轉，但他只有上半個身子，看不到兩腿。素雯怕極了，兩眼直瞪著他，卻不知如何是好?過不久，門赫然打開，外面燈光透進來，原來又是老爸替她解了圍，跑來看一下，替她拉好被子就退出去了。

素雯記得在眷區時，聽鄰居媽媽們講鬼靈的故事，說鬧鬼多在夜晚，因爲鬼是陰物，最怕聽見雞叫，有一位媽媽形容說，「雞叫一聲，鬼就會入地三尺」。但在這幢房子裡，白天照樣有怪異的事發生。有一天，素雯正睡午覺，睡到一半，突然醒過來，看見一個白鬍子老頭坐在床邊椅子上，一直看著她，那老人從頭到腰都浮浮盪盪的，就像要浮上床來似的，素雯不敢動，連老媽教她口宣佛號的事也給嚇忘了。

接二連三的事故，把素雯這小女孩折磨得黃皮寡瘦，眼神呆滯，一副病懨懨的樣子，連飯都吃不下去，做父親的帶她去醫院，先掛內科，內科醫師根本不聽病家陳述，替她開了腸胃藥和營養劑，並要老朱買些魚肝和維他命給她服用，認爲營養夠了，她的情況就會改善。老朱不放心，又帶她去另一家醫院改掛精神科，那位精神科的大夫很和善，送糖給她吃，送她彩色筆和圖畫書，慢慢和她談到她遭遇的事，老爸在一邊也鼓勵她講出來，素雯就吞吞吐吐的講了一些，但能夠隔牆見物的事，她始終沒有透露。

醫生只是記下她講的話，什麼也沒說，開了些藥物給她吃，希望能觀察一段時間。素雯吃藥後，精神好了些，但仍怪夢連連，爲這事，老朱和太太的看法有了很大的差異。

朱太太懷疑這些事，是不是這苦命丫頭素雯帶來的，甚至連達宏車禍慘死，可能都和

她脫不了關係。再說，家裡鬧鬼物，不去燒香拜廟，求神明保祐，卻帶她去找西醫，她也不信能有什麼用處。

老朱對太太的懷疑，倒是很能體諒，她本就是在農村長大的，有鄉土的根性，他只側面開導她說：「不用說素雯是妳堂妹生的了，就是路邊撿來的，既收養了她，就要當是親生的，若說是衰運，也是我們大人的事，跟孩子有什麼相干，要怨，妳可以怨我，千萬別怨到可憐的孩子頭上。至於孩子生病，看醫生是正理，總不能一味去抓香火，求符水來治她罷？我看這樣好了，趕明天我去跟鄰居們談談，我總在想，鬧鬼哪會只鬧我們這一家，先讓我去把事情弄清楚，我們再計較好不好？」

朱太太也知道她自己嘮叨，聽老朱說得很委婉，又句句在理，也就點頭不再講下去了。

那天之後，老朱真的去找鄰長，又去拜訪了附近的鄰居，他並沒說鬧鬼，只說家裡的兩個女兒，都常受一些驚嚇，是不是這一帶的宅院有些問題了？

「各位比我住得久，我這是求救。」

「這一帶的幾幢屋，都是老房東夫妻倆在世的時候蓋的，那邊幾幢是他承包的國宅，這邊兩幢，是他自地自建的。」右鄰鄭先生說：「老夫妻倆前幾年相繼去世了，他的獨子繼承了這一幢，他的長女繼承了後面一幢，他們全靠收租來過日子，不要看姐弟倆的租金定得便宜，幾十戶的月租加起來，躺著花也花不完。」

「這些房子，早先是很乾淨的。」右鄰的太太快嘴快舌的插口說：「怪就怪在老房東的兒子媳婦和女婿都不像話，我們這位小房東自稱他是新派人，家裡只掛他父母的遺像，連神主牌也不供，一年三大節，連一炷香也沒上過，女兒家倒有神主牌位，女婿卻說：外姓人不入供，把牌位鎖進了抽斗，但他們兩家，既沒有神明桌，壁上也沒神龕，兩家全是不供祖先的。」

「什麼新派人，全是幌子。」後面一樓住戶陳太太也湊過來插嘴說：「他們不供父母，卻專供財神爺。這兒鬧鬼，是老房東夫妻死後才開始的，不瞞你朱先生說，你租的五十八號，算是『首當其衝』，你搬來之前，不到三幾個月，就會換一次房客，哪家受得了人孩子整夜哭鬧？住不久就匆忙搬走了！」

「這附近，鬧鬼的傳聞是很多的。」鄰長說：「但出現的鬼，對房東後嗣來說，都是家鬼、俗說：家鬼擾人不害命，不會像惡鬼、厲鬼那樣，使人喪家亡身，住在這兒多是低收入戶，既然搬不起家，也只好睜一眼，閉一眼，來它個『見怪不怪』了！」

「不論怎麼講，都是兒子媳婦和女兒女婿理虧。」張太太從後面插進來說：「房東有錢炒股票，太太打扮得像花狐狸，一隻戒指就能買幾張神明桌，後面那個做女婿，更是吃喝嫖賭都來，靠太太的繼承遺產花用，都是沒良心的東西，無怪兩個老的死不瞑目，常回

來鬧！」

「也不能單怪小的。」右鄰的太太說：「什麼人生什麼貨，我看那兩個老鬼也不通情理。他們不找兒子媳婦和女兒女婿，卻專來驚擾我們這些租房子的窮戶，算哪門子嘛。」

人常說：話不講不明，燈不點不亮，鄰居們一敲一答的講出這些話來，老朱就明白了，雖說租約還沒到期，他無法退租，但他也想找房東理論，至少要換一間房子。

他帶著素雯上二樓找房東，房東沒在家，房東太太穿著花綢的睡袍，揉著眼出來開門，起初還以爲對方是來送房租的，眉笑眼開請這對父女進屋，還替素雯倒了一杯果汁。素雯一抬眼，看見掛在牆上的老房東遺像，正是她在噩夢裡看見過的白鬍子老頭，當時就嚇得緊扯住老爸的衣角。

「我是五十八號的房客。」老爸說：「那房子有些不乾淨，我是來談退租的。」

「不乾淨？」房東太太說：「沒有的事！這種話從哪裡說起？我死去的公公蓋好還不到十年，住戶幾乎擠得滿滿的，我們自家不是也住在這兒，你的租約沒到期，退租違約，要沒收全部押租金，多划不來呀！」

老爸被逼得有些無奈，只好搬出鄰居講過的那些話來，總以爲可能有點用處，誰知房東太太聽了，非但面不改色，反倒笑出聲來。

「那些長舌頭的人講的話你也能聽？」她說：「他們全是捕風捉影敗壞人，根本是在逼我們降租。你有沒有想過，如我們上了法庭，她們能替你出庭作證？就算她們肯作證，那些『鬧鬼』的證詞，能當成事實，讓法官採信嗎？我是唸過大學的，我要告訴你，什麼包公審烏盆，只有戲台上才有，傳鬼魂問案的事，現今是不可能出現的。」

「那他們說妳：說妳不孝，不買神明桌，老人家才會回來鬧的。」老爸結結巴巴的說。

「那就更笑話了。」房東太太笑著說：「你沒去查一查，你們這許多房客，有多少是放神明桌，長年供祖先的？人說：死了，死了，一死百了！短短長長，忘掉最好！台灣不是佛教國，法律上有哪一條，規定每家都要設神明桌，長年點佛燈的？你有這麼做嗎？」

老爸低下頭，顯然被這隻花狐狸打敗了！過了好一會，他才說：「我……我不是要退租，只是想……想換一間亮一點的。」

「好罷，」房東太太這才調低了嗓音：「請你等一等，我去找租賃冊。小妹妹，先吃塊巧克力糖。」

她拿了糖給素雯，又把租賃冊翻了一會兒，才抬起頭說：

「朱景原，五十八號，租期……廖宏，四十七號，租期……對了，剛好四十七號才搬走，你可以暫時搬過去，三個月後，後幢的八十七號租約到期，你可以換到八十七號去，那邊的房東，是我先生的姐姐，房子大一點，但我會跟她說，房租不漲你的。」

在素雯眼裡，老爸是耿直剛強的人，誰知他和花狐狸對陣，輸成這個樣子，沒有一項道理能站得住腳，怪不得連兩個老鬼都不敢直接找她鬧了。

把家搬到南邊的四十七號，房子型式一樣，只是靠近邊間，白天的陽光多了一些。老爸和老媽一再商量，把她送進附近的國小上學。白天和同學在一起，吵吵嚷嚷的很熱鬧，回家後，仍然像掉進冰窟窿。

素雯仍不斷遇上類似的事情，長期失眠。使她身體瘦弱，精神恍惚，課業由甲降到乙下，很顯然的跟不上了。爸又帶她去看精神科，醫生根本不信鬧鬼的事，只給她開了醫治生理的藥物，吃得她渾身虛腫。

老爸關心她，除卻醫生開的藥物，還替她買維他命和打補針。但精神科醫生認定她是：精神耗弱，輕度妄想症，根本否定她是碰到了鬼物，一口咬定那是一種「幻想」。

人被逼到極處，素雯不得不把她隱藏已久的秘密抖露出來。

「爸，我不是精神病。」她對老朱說：「我能看見很多人都看不見的東西，全是真的。」

「小孩子，瞎說。」老朱說：「隔著牆，妳也能看得見？」

「我能！」素雯說：「我早就能了！只是怕嚇著你和媽，一直沒敢講出來，你要是不信，你在客廳，我在床上，中間隔著一道牆，你問，我答，你就會知道了。」

老朱到了客廳去，素雯睡到房間的床上，過了一會，老爸的聲音傳過來：「妳看到我在做什麼？」「你打開電視點菸吸，左腿翹在右腿上。」素雯說。

「現在怎麼樣？」老爸又說。

「現在你在找一本雜誌，翻到九十三頁。」素雯說：「爸，你還要玩嗎？」

「不用了！」老朱說：「妳已經得了滿分。」

老朱完全明白，這不是父女間的一場遊戲，上小學不久的養女素雯，確具「天眼通」的能力，他已深信不疑了，但，真有這種稟賦的人，未必能替家庭帶來幸運的轉機。

三、鬼窟

三個月後，他們搬到後幢的八十七號，老朱極不喜歡這個門牌號碼，因爲八七已成水災的代名詞，但他想到得天獨厚的素雯，覺得這個「水」決不會成災，就搬了。

這次搬家前，老朱的老長官，特意拜求一位高人，來看過陽宅的風水，這位老人家姓陸，在大陸時期曾以文職軍官身分參贊戎幕，官拜高參，來台後隱居陋巷，精研易理，掛牌「省齋」，指引有緣人。

陸老帶著羅盤，仔細看了這一帶的房屋，然後要了老朱全家人的生辰八字，仔細掐算

一過說：

「這一帶的地氣不好，帶凶帶煞，算是極陰的凶地、陽氣旺盛的人家，還可擋得，但府上正是陽氣衰耗的時刻，短時期，驚嚇磨難是免不了的，但大凶都已過去，朝後尙無大礙，遇上事情，多焚香禱告，自能解厄。素雯這女孩，有靈異天賦，熬過這一劫，另有機緣造化，你們老夫妻，還得靠她養老呢！」

老朱提到這兒鬧鬼的事，陸老笑說：

「我學的只是命理和六壬數，不能幫你們捉鬼驅邪，你們穩著朝前走，坎坷盡處是平陽，也就是這樣了。」

老長官請陸老吃素齋，不吃，老朱包紅包送他，不收，他就飄然的離開了。老朱覺得，陸老這種人，才真是有大學問的人，全不像一般神鬼道的，大吹法螺騙人錢財，尤其是他講：養老要靠素雯，這句話，老伴全都聽進去了，從此她對素雯，要比對親生的素霞更親，這使他心裡極感寬慰。

搬到八十七號沒幾天，那個老房東的長女就過來看望聊天，她是個孱弱瘦削、一臉酸苦的小婦人，不像外傳說她是沒良心的，她說這幢房子，和前面她弟弟名下那幢，真的有些不乾淨，後邊這幢，雖在她名下，但收租的錢，全落在她丈夫手上，她父母原是開饅頭店起家的，早先這些祖產荒地根本不值錢，只能種菜養雞，她先生原是幫忙種菜的工人，因爲乖巧聽話，很得她父母的歡心，後來就把她許配給他了。誰知道這個沒良心的，根本意在謀奪遺產，她帶著三個孩子在家，他每個月只給她兩千塊生活費，還包括小孩的學費。

「兩個老的經常回來鬧啊！」她說：「但他們鬧不到整天在外狂嫖濫賭的女婿，難免鬧到房客頭上，老人家想不開，總以爲把房客全趕走了，沒了收入，兒子和女婿才肯供養他們，我那弟弟是軟耳根，弟媳是鐵了心要和鬼鬥，才會弄成這樣子的。五十八號那幢，只鬧家鬼，我這邊，更有許多外鬼，我那弟媳讓你們搬過來，八成是沒存好心。」

「沒有關係，」老朱說：「我會多買些紙錢，鬧了就燒給它們。」

後幢房的住戶，比前幢的感情拉得近，因爲鬧鬼的緣故，每到黃昏時，總有些人聚在方場上，七嘴八舌的訴說各自的經驗，方場就在朱家的窗子外面，不用出門，也聽得見他們在說些什麼。

有人指著方場角上的公共廁所，告訴老朱說：那正是經常鬧鬼的地方，老房東夫妻倆，在陰間沒有紙錢花用，就幹起老行當，做鬼饅頭賣給野鬼吃，他那饅頭店正開在廁所平頂上，每到早上四點多，很多住戶都聞到饅頭香，沒人敢在那時去公廁。有人也常聽到前幢屋頂經常拋瓦的聲音。有人半夜遇上鬼敲門，喊說：「搬走……搬走！」

素雯也聽著了，她從不講話，但她遇到的怪事，比這些住戶更多，只因她的兩眼能看見別人看不到的東西，她慢慢發現，出現在這幾幢宅子裡的，不只是老房東夫妻倆，另外還有一大堆，這裡根本就是鬼窟，從她家搬到八十七號後，各種可怕的怪事，就像電視連續劇一樣，一集連一集的上演著。

她和妹妹住的那間小房，朝北有面小窗，窗外是另一家，兩牆之間，放了很多隻燒菜用的古舊罐子，冷風簌簌的，從窗口透進屋來。室外是客廳，說客廳還不如說是通道還恰當些，因爲兩邊各有一間小小的廁所，男女分開，四家共用的，女廁所正在她床鋪背後，隔間不是牆壁，只是單薄的三夾板，並沒隔到屋頂，留了幾寸通風的空隙，廁所頂上有盞小燈，一絲螢光正照到她的床上。

她夜晚睡覺前，就藉那燈光看課本，睡覺後，常被聲音驚醒，她聽見有兩個以上的人，走進她臥室，床也響，腳步越走越重，聲音也越來越大，有時聽到她們在聊天，嘰哩咕嚕的，一句也聽不懂，偷眼看出去，並不是人，而是幾團黑黑的，煙般晃動的影子，她逐漸意識到，鬼在不面對人的時候，就是這個樣子，當它們要嚇人的時候，才會凝聚出固定的樣貌來。

這情形，最先只是在半夜才有，後來便不一樣了，她摟著妹妹在客廳看電視，看著看著，便覺有人在沙發另一端跳，睡覺又跟到床上跳，素雯雖然很怕，但並沒叫喊，她不願意吵醒辛苦工作的老爸，累他也跟著擔驚受怕。

有一天夜晚，素雯總算看到她了，一個肥胖的中年婦人，唇上塗了厚厚的口紅，臉上塗了白白的脂粉，活像歌仔戲台上的大腳媒婆，她咧著血盆大嘴，倒懸在房頂上看著她，離她的臉不到兩尺的距離，她的兩眼巴眨巴眨的不停眨動，臉一晃，厚粉便順著皺褶裂開來，把她的魂都嚇飛了。

這個搽胭脂抹粉的胖女鬼，好像是鬼頭頭，素雯不止看過她一回，她常在夜晚，帶著幾個男鬼女鬼，把朱家客廳當成她的客廳，半夜跑來開燈看電視，還把兩腿高蹺在咖啡台上。素雯一天放學回家，丟下書包上廁所，剛把門一拉，就見她露著肥大的白屁股，正坐在馬桶上，朝素雯抬起頭，伸出好長的紅舌頭，扮出一個其醜無比的鬼臉，素雯不由得尖叫一聲，退兩步再看，馬桶是空的，她已經不見了。

這樣長期鬧下來，素雯並不是膽子增大，而是有些麻木了。人說：見怪不怪，也就是這個樣罷。但她一直睡不好覺，人便瘦成一根竹竿，頭髮乾枯分叉，成績也退步了很多。

人真夠衰，像老爸罷，白天在人海裡討生活，每天回家，滿手滿臉都是黑黑的機油，累得歪歪倒倒，名義上他是修護主管，但進廠車輛的疑難雜症，都還要他親自上陣，老媽的哮喘日益嚴重，吃藥像是吃水，連喘氣都像三重唱，鼻音、喉音、口音齊來，使她雖還沒坐輪椅，連走動都需得人扶了。

老爸沒有叫過一個苦字，但他的黑眼圈逐漸變大，頭髮成了秋天的荻花，幾乎每個夜晚，他都弄些雞頭鴨爪，回來喝酒，衰氣加鬼窟，使他早老了十年。

女兒只知看爸爸自覺心酸，但爸爸只知看女兒，心裡難過。素雯的月信來了，極不正常，腰瘦腹痛，經常請例假，加上長期失眠，精神恍惚，請假逾時太多，只好辦理暫時退學。

有一天，老爸穿好工作服，要去工廠上班。卻對素雯說：「我太累了，我要回家了！」

「爸，你是怎麼啦？」素雯覺得不對勁，用力拉住他：「這不就是你的家嗎？」

「不⋯不⋯我家在那邊！那邊！」他用力推開門，指給素雯看說：「那才是我家呀！」

素雯一看，那是小鎮去台北的火車站，老爸怎會在清早上班時發瘋呢？她力氣小，根本拉不住他，只好緊跟著他走，經過巷口，她大喊鄰長幫忙，鄰長沒在，正好有位早起溜鳥的老伯出來，瞧見老朱精神恍惚，腳步不穩，嘴裡直說夢話，就丟下鳥籠，趕上去抓住他，想把他拖回社區，但窮兩人之力，依然拖不住他，直到他一頭撞上路邊的電桿，額角鮮血直流，他才醒過來，一臉驚愕的說：

「你們這是幹嘛！」

「你幹嘛問人幹嘛?!問你自己呀！」溜鳥的老伯說：「你一大早叫鬼迷心竅了，大喊回家，若不是你女兒死拖著你，一路哀哀叫喚，只怕你早就迷里迷糊的走到馬路當中，被車子輾死啦！」

「啊！」老爸摸著臉頰流出的血，這才恍然有所思悟說：「我正準備去上班，眼前黑影一閃，我就失神了，竟然什麼都記不起來啦！」

「我去替你買些紙錢，在巷口燒燒。」鄰居溜鳥的老伯說：「這些鬼，鬧得太過頭了，這何止是嚇人，根本是害人奪命的大事呀！」

老爸在清早居然遇上鬼打牆，幾乎步上達宏哥的後塵，素雯親目所睹，印象便特別深刻。她早就感覺到，老爸才真是這個家庭的主軸，一旦毀掉他，餘下的三口人，就不能再動了。而老爸偏偏像死而不殭的百足蟲，非但照常上班去修車，還又帶她去精神科拿藥看病。精神病科的那位醫生並沒換人，翻開舊病歷，好像仍還記得她。

「啊，朱素雯，這已隔上好些年了，妳現在覺得怎麼樣？」

孩子大了，老朱不再代言，素雯就直接的說了：

「我夜晚常看到鬼，每夜都睡不好，連學校都要我暫時退學，回家休養，醫生，你有什麼診斷，可以直接跟我爸說，不要畫我們根本不懂的英文。」

「嘿。」醫生把她看了又看說：「想不到，妳真的長大了！我是精神科的醫生，替妳

醫病，卻不能替妳捉鬼。」

「我想也是。」素雯說：「你根本捉不著。」

「妳怎麼對醫生這麼說話呢？」老朱轉向醫生抱歉說：「對不起，孩子太沒禮貌了。」

「童言無忌嘛！」醫生笑起來：「何況她說的是真話。」

「素雯好像不是精神有病。」老朱說：「只是身體單薄，又很虛弱，上回來看病，我沒跟醫生說起，如今我才知道，她有『陰陽眼』，不但能看到旁人看不到的東西，她還能隔牆看東西，這要比陰陽眼更神，該算天眼通罷。」

「噢?!」醫生驚異起來，嘴巴空張著，過會兒才搖頭說：「隔牆看物，這我還沒聽說過，這完全違反科學原理的，怎麼可能呢？」

「若說她看見鬼，是沒法子找什麼證據的。」老朱說：「但她隔牆看見東西，我試過，醫生若是不信，你也可以試試啊！」

「對！」醫生說：「這種挑戰科學的事，真值得試一試的。」

醫生把素雯領到候診室的沙發，他和老朱留在診室裡面，門完全關上，醫生說：「妳聽見我講話嗎？」

「我聽得見。」素雯說。

「那好，我們現在開始了，妳看見我在做什麼？」

「你站起來了，用一塊紗布擦你的眼鏡。」

「那現在呢？」

「你戴上眼鏡，去端你藍色的保溫杯。」

「那現在呢？」

「你放下茶杯，走到書架取出一本厚書，是紅色封面的。」

「好了！」醫生打開門說：「今天妳讓我上了一課，也令我大開眼界，我不得不相信這大宇宙中，確有超自然的靈能存在，看樣子，我得從頭學起了！」他取出打火機，打著了火，把素雯的病歷點燃了，放在不鏽鋼的耳盤中，讓它在竄舞的火舌中化成灰燼。

「妳不是精神耗弱，不是妄想症，幻想症，分裂症，憂鬱症……什麼都不是……」他非常頹喪的說：「我，我才是唯物迷心的病……人……。」

素雯就這樣生活在鬼窟裡，她除了陰陽和天眼通之外，並沒有其他的靈能，只是她悟到，肉眼看不見的世界，是真實存在著的，她看習慣了，逐漸不再害怕了，但她實在擔心老爸老媽的身體，老爸獨自承擔家計，夜晚以酒澆愁，老化得特別快，他曾發生過暫時性的「精神喪失」症，後來又發過一次，竟把附近的大水塘當成自己的家，被人撈上來抬回家，還住了四天的醫院。

摩托車行的老闆，他的老長官非常關心，特意找來兩個年輕力壯的修護工，暫時在客廳打地舖，替老爸做伴，一個姓廖的，住了一天就開溜了，說半夜有人掐他的喉嚨。另一個叫洪大哥的，才十七歲，膽大留下來，據他說，他學過一些茅山道術，雖沒有多大能爲，但足以自保。

「朱伯伯遇上的，不是鬼，卻是魔。」他說：「魔是經過修練的鬼，我捏訣施術，也未必擋得了它，何況我只能臨時照顧朱伯伯，不是長久之計。我們大老闆，應該另請高人才是。」

究竟誰是鬼，誰是魔？素雯一時也弄不清楚，但她睡到半夜，卻被急雨似的擂門聲弄醒了，洪大哥撥閂開門，撞進來的是緊鄰的太太，一迭聲大叫救命。

鄰居太太穿著兩截式睡衣，渾身打哆嗦，她說先生在公司值夜班，她一個人睡，睡夢中，恍惚覺得被子朝下滑，她夢夢盹盹的把它拉回來，才剛蓋好，被子又拉動了，一次比一次拉得更用力，她死命緊抓也抓不住，她嚇了一跳想下床，卻叫不出聲來，好不容易才捻亮床頭燈，發現房門關得好好的，鐵窗也沒動過，房裡卻沒有人影子，她怕極了，才跑來求救的。

洪大哥央她坐定，倒了杯熱水給她壓驚，老爸也穿好衣裳出來，大家看她那隻被抓的腳，真的青黑浮腫，邊上還留了很深的指甲印子。

「這種鬼，我拿它是沒辦法的，」洪大哥說：「我看守這邊，它就鬧到那邊，它會聲東擊西，而我卻只能守株待兔，我是差得遠了！」

四、朝山

素雯很厭煩這種鬼窟的環境，她發現鬧鬼鬧得很兇的，只是這幾幢房子，只有一百多公尺的範圍，出了巷口的街上，車水馬龍，根本不受影響，但居住在這個範圍的人家，都受了「陰地」的影響，毫無發展可言，只要想離開，就會生病，有些夫妻感情不合，成天吵鬧，不然就是濫交亂倫……地氣對人的影響，實在太大了。

她進初中，素霞讀了小學，她爲了減輕家庭負擔，放學後去一家紅茶店打工，那個自稱略會茅山道的洪大哥，卻成了她的男朋友，一天中午，她和洪大哥一起回家取簿本，他坐在客廳，她去如廁，突然感到有人走過來，就是那個常見的胖女人，她兇兇的說：

「滾開！搬走！」

但她把門擋得嚴嚴的，素雯根本沒路可走，那時正是大白天，她心想：我就硬衝，看她能怎樣？她心裡默數著：一、二、三，一衝就衝了出來，陽光照射到客廳，看見洪大哥臉色蒼白的呆坐在沙發上，素雯不住的流淚，洪大哥拉她說：

「快走，快走。」

兩人到了紅茶店，洪大哥才說出他的遭遇：有一群男的，大約有四五個，把他圍住不讓他動，鋁盆裏一隻素雯養的巴西龜，也許有了感應，驚惶的亂爬，爬聲一停，素雯就衝出來了。

這些大白天出現的惡靈，不是茅山道和一般乩童能制得了的。洪大哥心有餘悸的說：

「非得另請高明不可。」

老朱的老長官得知情況，又去請教有道行的陸老，陸老說：

「事到如今，我倒想起個人來，算來他還是我的長輩，他是修習正統佛法的出家人，上智下愚老和尚，這位老師公修的，應稱之爲原始佛法，他不建廟，也沒聽說收徒，孤單一個人，隱居在平溪那一帶深山裡，自建一間草廟，自種果蔬，每月到平溪買米，自己擔上山去，算他的年歲，該是和虛雲大師同輩了，平時我入山問法，只聽他三言兩語，不敢太煩瀆他，如今這鬼窟的冤孽，也只能煩瀆他一回了。」

聽說世上竟有這等的高人，老朱便向老長官借他的座車，那是一部老舊的大素圖八缸車，由司機小蔡駕駛，車上坐了陸老，洪大哥和老朱父女，一大清早出發，經石碇鄉的雙溪口，北轉平溪，駛向老朱所稱的「拜山」之旅，拜山的結果怎樣呢，卻誰也不敢說。

對一般人來說，這不過是橫跨北縣北市的短途旅程，但對素雯而言，卻是初初經歷的長途，一座山迎過來，逐漸又旋過去，再一座山由另一面靠過來，又被逐漸推遠，誰也不會想到，一個縣，竟擁有這麼大的空間，更妙的是：車子每轉一個大彎，就看得山路口立著的標示牌，「××觀，××廟，由此進」，誰也想不到，方外修行的人會有這麼多。她搖開後座的車窗，一股沁涼的空氣撲進窗來，使人的精神十分舒爽，尤其是離開陰黯的鬼窟之後，她覺得外面的世界竟是這樣的明麗寬敞。

「糟了！」前座的司機小蔡叔說：「這車子怎麼有些不對勁呢？我開去接你們之前，加滿了油，也詳細檢查過啊！」

「是哪裡不對勁呢？聽聲音很正常啊！」老朱說，他是修護高手，應說是老行家了。

「不是機械和線路問題，」司機小蔡叔說：「車子前輕後重，明顯是超載，好像至少多了三四個人！我換檔煞車，都感覺得到的。」

「你少來，」後座邊上的洪大哥說；「不要一大早講鬼話來嚇素雯，我從沒聽說鬼還能上磅秤，稱斤論兩的。」

素雯本來沒留意身邊的空隙，一聽這話，就偏過頭去，她看到光霧中真的勾勒出幾個人形的輪廓，她用手一撈，撈著一把空，那人形散開了，全貼在車頂上，一個是老房東，一個是他太太，另一個則是他常見的胖婦人，還咧著嘴直朝她笑。

她很奇怪，這窩子鬼，怎會在大白天搶坐霸王車呢？也許人有苦經，鬼有苦怨罷，而那輛二手車，竟然在嶺口的轉彎處拋錨了，小蔡叔把車推到路邊，打開引擎蓋逐一檢驗，結論是：

「並無故障，就是熄火。」

等了一個時辰，車子不修又好了，他們一直開到接近平溪的地方，有一個路牌上寫著：「智愚隱處」，陸老說：「到了，車子只能停在山口，我們都要走路上山，至少走半個小時，才能到智遇師公的隱處。」

一行人覓徑走山路，斷斷續續的有些石級，半個小時後，果然看到一處茅草搭建的小廟，白髮皤皤的智愚老師公，早已等候在廟前的平台上了。這次朝山，陸老並沒事先通知，山上也根本沒有電話，老師公怎麼會未卜先知，在廟外候著他們呢？誰也想不出來。眾人走近時，老師公並沒先跟他們打招呼，反而朝虛空揚手，「兩位老人請，阿姑也請。」他對空裡說。這之後才和陸老打招呼說：「列位，也都隨我來罷。」

司機小蔡和老朱都有些發呆，前面根本沒人，他幹嘛要虛央？只有素雯心裡明白，跟著這車來的，確是常在鬧宅的三個鬼靈。它們爲什麼不懼烈日焚身，定要跟著來呢？她可是完全想不通。

一行人魚貫進入草廟，列坐在一邊蒲團上，老師公也在蒲團坐定說：「老衲智愚冒味，想請這位司機大哥做個傳媒，好讓陰魂附身說話，把事情做一番了結。」

誰知他的話音剛落，那司機小蔡就渾身抖動，兩眼發直，伏下身子，用蒼老的口音說：

「老師公在上，我老夫妻倆，子女不孝，讓我們在陰司流落，聽陸老說您大有神通，所以才擠上這部車來訴苦，請老師公主持公道……」

接著，他說起怎樣種菜、養雞、開饅頭店，包建國宅發家，另建兩幢屋，自住和出租，兩人過世後，墳墓損壞，棺木浸水，兒子女婿都不肯花錢修理，家裡不設神明桌，連牌位也塞進抽斗鎖了起來，媳婦和女婿尤其可惡，種種情勢，幾乎都和鄰居們傳講的一樣，可見那些鬧鬼的傳言，決非空穴來風。

這時，智愚長老雙手合十說：

「善哉，善哉，俗云：橫財不發家，積善抵萬金，你們可以看到，萬千流落的遊民，也有許多遭子女棄養的，你們子女不孝，上下兩代都有惡業，這些原都是你們的家務事，怎能侵擾四鄰，如此亂鬧，不合正道。下一位。」

小蔡剛像昏沉欲睡，忽然又坐起來。原來是那個素雯常見到的粉臉紅唇胖女人登場了，她帶著哭腔，指手劃腳說：

「我是老房東林來富婚外的私生女，我媽是酒家女，被他包養的，生下我之後，他太

太分明知道，卻不願收養，賠了我媽廿六萬塊錢，這筆錢，被我媽賭輸掉了，流落在外，鬱鬱死了。我被人賣來賣去，最後變成阻街的流鶯，林來富從來沒過問過，狠心讓他的親骨肉，長年在生張熟魏的身底下過日子，他這種老禽獸，又有什麼資格想要子孝孫賢？我沒分到一文錢遺產，氣發心臟病，死在街角的垃圾箱旁邊，陽世官司沒法打，我只好糾合一些好兄弟、姐妹淘，胡天胡地的來鬧，鬧得大家不安穩！」

「夠了，夠了！」智愚長老說：「論事實，妳是最冤的一個，家務雖糾葛不清，總也能理出個頭緒來，得了橫財的男人，背著太太到處亂撒種，事後又不聞不問，陰司自有它的律法處斷，但你們一味驚擾房客，實在不成體統。妳看旁邊這個女孩，被你們鬧的整夜睡不安，又不能上學，根本都是你們家的罪過！我管不了陰司的審判，但卻明白，不論陰陽，一筆寫不出兩個『理』！你們回去不用再鬧，我替你們誦經超度就是了！」

這場鬼附人身說話的情景，看得在場的人全都目瞪口呆，素雯更覺得，司機小蔡叔好可憐，他的身子竟被當成鬼的戲台，演了一幕又一幕，累得氣喘噓噓，滿頭是汗，鬼離身之後，好一會他才悠悠醒過來，摸頭、揉眼、擦去口角的白沫說：

「這是怎麼了？我口好渴。」

老朱趕緊倒了一杯溫水給他，輕拍他的肩膀說：「你好好歇一陣罷，已經沒事了！」

五、柳暗花明

從山上回家，素雯的精神安定了許多，她直接感到，這無邊無際的大宇宙，時空光的變化是神秘莫測的，真真幻幻的事，分分秒秒都在變化著，智愚長老是個不世的能人，他何止是「天眼通」而已。

她不再失眠了，但每夜都做了許多奇怪的夢，夢見她能伸展雙臂，像幼鳥學飛，開始飛不高，也飛不遠，後來羽毛豐滿了，竟能飛到白雲圍繞的山頂上，在一株張開翠蓋的的古松下打拳，她的動作極爲熟練，姿態也十分美好，夢醒後，她竟能記得每招每式，無師自通的在屋後方場中練出來，至於她打的究竟是什麼拳，她自己全不知道。

一天清晨，一位鄰居老爺爺在一旁看著，驚奇的對她說：「了不得，妳小小年紀，怎麼把香功練得這麼好，連高級的功夫，都打得滴水不漏，妳究竟在哪兒學的？」

「我根本沒學。」素雯老實告訴他說：「這全是我每夜做夢夢到的。」

「這真是太神奇的事。」那位老爺爺說：「妳等著，我回去拿書給妳看。」

他真的回去拿了書本來，逐頁翻給她看，素雯怔住了，因爲每招每式，都詳記在書上，也正是她夢中練過的，真的全是香功。在她練功的同時，她隔牆看物的特異功能更增

強了。她知道，這宅院的鬼靈並沒有走，但飄來飄去的不再擾人了，怪的是，兩處的房東都買了神明桌回來，替死去的老人設供了，住戶們再也沒講過新的鬧鬼傳聞。做老爸的直感認爲，這全是智愚長老的功勞，他根本不用下山，只要心念一動，勤誦經文，就能把原先恐怖的鬼窟，變成四季平安的宅院，就好像手捏著電視機的遙控器一樣。

素雯仍常看到那些鬼靈，在宅子裡幽幽的來去，老房東夫妻倆，並坐在公共廁所平頂上看月亮，又見到搽白粉的胖女人，在裡外朝她微笑，有一天，她居然帶了一個學生打扮的一個男生來看她，她一眼就認出，他正是她朝思夢想的達宏哥，她和達宏哥面對面的站著，彼此卻不能說話，達宏哥曾進屋去看爸和媽，然後在門外冉冉的消失了。

陰陽相通的感覺真好，她也就不再怕鬼了！考進高中後，素雯仍常到她打過工的紅茶館去，寫她多年經過的故事，篇幅雖短，但充滿了現代聊齋的味道。她也很想再上山去，拜望改變她命運的智愚老師公，但陸老告訴她，老師公已經坐化了。

六、因緣後記

十多年前，我在中廣公司主持「午夜奇譚」節目，前後共達三年，也和廣大聽眾結下不解之緣，當時，電話信函紛至，有許多是希望藉我之筆，寫下它們來。離開中廣後，我將若干信函都珍藏在身邊，其中素雯的來信最爲曲折離奇，我雖然信宇宙中具有靈能，但我只是從事學理上的研探，並不具備任何能耐，至於她是否具有某種「超自然的能力」，還是因長期精神耗弱所見的幻象？因我對精神醫學所知極爲有限，也無法爲她解釋。總之，素雯的故事中，涵容了若干我也難解的現象，正好和廣大讀友們共研了。

素雯是民國六十四年出生，肖兔，算算她已經卅二歲了，她最後發信的地址是台北縣樹林鎮，我們再也沒有連絡過，寫本篇時，我依照她的囑咐，沒寫她的真實姓名，而故事的情節，全按照她的陳述，並沒作重大的更動，完稿同時，我仰首星空，遙祝她平安快樂。

呼吸

急駛的巴士猛然剎住。撕裂人心的剎車聲蓋過那人的叫喊。那輛滿載著尋找綠色風景的人們的巴士，在被下午陽光刷白的街頭造成了一場紅色的風景。喇叭交鳴。一街行人的流水繞著現場一道巨大的喧嘩的漩渦。血從傷者的肩上流出來，他身邊的水窪裡的天上疊印著人群，電桿木和帶芒刺的太陽。是誰？他是誰？所有目睹者都會指出他曾仰臉望雲且大張雙臂抱向那輛車。

飄落在故鄉的×者也慣於望雲，從破舊的藍衫中探出長頸如瓶，瓶端盛開著尖狹萎落的臉，以磨得很光澤的竹杖敲點著他自己的瘦影。穿一街陽光。他幽幽的短笛撞瓦廊以長長的寂寞的迴響。

而我有我的梧桐在家宅廊前，似水桐光常滴落於我仰視的眼瞳。葉影隨風反覆追嬉，如一池漾動的水紋。母親投她側影於鏤花的檀木窗櫺，使螺背雲朵與負輦的鸞鳳上描出一痕柔白。眠歌聲總那樣飄游，既無一定節拍，亦無一定歌詞，聲調幽幽，如一彎載夢的流川。

倚塹夢家鄉，醒於一身寒霜。嘯風的戰馬向北嘶鳴，野胡胡的蒼穹留不住一聲雁語。且繫緊熊皮護耳，飲烈酒以防寒。且散戰歌於揚沙滾石的邊風。自觸心中殘骸，傾聽其囈語，梧桐！梧桐！我的梧桐！但時間的墳墓昇起於馬後的蹄塵。

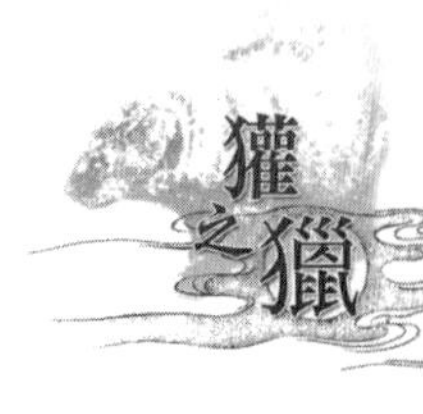

請給我你的名字。他沒有。一剎之前，我讀他的名字於他垂死的眼。他曾從醫院的窗口望雲。窗投一方浮滿灰塵的光柱去覆蓋他的憂傷。火耀日的急診室。假期。他的遺言被掛在醫師皺緊的眉頭。剛有一個沒穿褲子的瘋子死在這裡。一些沒有名字的人死在這裡是很麻煩的事。法院。救濟棺木。抬埋證。並得請人證明他絕非死於治療。他們去辦事，在整整一下午無動於衷的蒼白裡。

唱道琴的道士窩著頂心髻，手抱一隻漁鼓在風中飄過；黯黯晨光照亮瓦攏秋霜，頂心髻也如霜。唱一段鏡花水月或安祿山兵起……黃臉浮腫透明，不笑，也不哀傷。眼瞳空得迷離，透穿情與慾與橫亙數千年時空的塵土，且飄於無知與無知，且唱漁陽。

曾有我的葡萄緊依著苔痕流冷的南牆，觸鬚捲掩的藤蔭正擋住通向外院的圓門。母親立在石鼓上，掂起腳尖去擷葡萄，成熟的紫串抹以斜陽亮如琥珀，微風盪過，碎紫光與她的眼，走一溜輕雲的波浪。風中的一襲紫衫，裸露於臂間的手環，閃晃在記憶中的是光是水、是淒傷的愛悅。

我們必須出發。穿過荒原去尋找我們各自命運。落日的大火燒亮紙剪般的黑影，如一行暮雲中的遠雁。秋何處？身後有山影之壘疊。問寂寞於長途，風嘯馬鳴，夢也一片黃土。而大火接落日以狂燃，斷頸者以紅血溢入盔池，秋在此。或在此夢更遠而葡萄已熟的南方。

屍體上覆以白紙，他將在郊野入殮。穿過鬧市。穿過初醒的繁燈。並穿過第一顆曾照亮他搖籃的冷星。他歸去。無名的異鄉人歸去。紅色的風景歸去。黑漆之棺甚薄，無雕紋，無錦飾。他如此歸去。有時間尖嘯而來，點點如流星雨，穿我身體，穿過而前。冷星依然，搖籃何處？

飄泊的弄蛇人慣用青蛇盤鎖他一身寂寞，直怔怔的跪在北方撒滿塵埃的街心，示人以長而銳的哀嘶。明晃晃的刀半嵌在腦門上，用潑濺紫血的木盤盛一些過路人的憐憫。而下午，躺在酒坊門的古老磚壁上，抓帶毛的豬尾佐酒。且嗨嗨大笑。且醉。任青蛇與火紅舌刺其鼻孔而不覺。

雨後秋池唇吻著屋後石級，不管那已是何年何月裡緩緩流過的秋天。母親舉起搗衣桿，輕輕擊打衣裳。搗衣聲隨著漣漪盪向遠方，滿地搖曳的雲影全在等候迴聲。啊！多美的迴聲。有牽風的柳綠嬉弄著母親的鬈髮，而我初次聽見我成長在那相和相應的美妙的迴聲裡。

很多伙伴們死在圯斷的壕塹裡。沒有馬革。我聽見很多母親們在雲裡哭泣。以活著的

眼望雲心可以釀酒。這裡沒有柳樹。別的樹也沒有。草也沒有。崖塹是褐紅色的，有陽光的一面比較鮮亮，另一面陰黯：上午和下午就那樣互換它的顏色——血與沙混和的那種顏色。每一座山崖的那邊都有著一個生者或死者的家鄉，但在那邊的那邊。而兀鷹啾啾笑著，牠們是常見的紅眼禿尾的那一特不驚於炮火的勇敢鳥類，且能在風裡詮釋死亡。

有一些臉飄聚在一起，成一小列送葬者。惟一的喇叭手亮喇叭口向黑夜，搖晃著，像一朵夜放的花。且把生者們的默想寄放在流瀉的樂聲裡，追悼過往那許多存在於感覺的美麗的死亡。無名的異鄉人亦將存在於他自己的死亡。無需流淚，廊下笑臉如常，惟默想中留有一點這世界的真真確確的悲傷。

黃土中常浮現出賣泥人的老婦的臉，她點抗過我的童年的窗。揹人形草把於她微佝的肩頭，一些載夢的彩羽雞，泥人在她頂上旋轉。走著彳亍於廊下的陽光柱影間，播撒她徐緩的叫喊。她眼神分浮於她面前的空間，什麼也不看，——也看不看在她頭頂上旋轉的那一串她親手捏過的歲月。

銀製的高腳美孚燈花放於母親的窗台，鼓鼓燈腹上走一對義角麋，班紋盎然，麋腳踏著靈芝。白磁燈笠中開一支紅梔，笠下的一束圓光描出母親低眉的白臉；臘盤中拖曳彩線的花針是一些慣進人心的精靈，它們穿過白絹，絹面上便跳起線唱的微音。且數窗角星斗，串夜如年，自鏡中喚我，喚住流光繞我縈迴，我確曾醉於那欲死的溫柔而不願復醒。

醒後須以樑木爲營火逐寒冷於曠野的冬天，我們的雙手已不知烤碎多少生命的溫柔。以草鞋讀路，讀熟了圮牆、斷橋以及更多原屬於我們自己的風景。我們屬於。我在其中。許多另一些人同樣烤碎我們的夢。用戰爭以暖手，或送自己以戰爭，虎黃的東方有換不盡的龍旗。而當槍聲暫歇，如許墨圖自如許心懸起，任何人在任何一張中皆能讀出已碎的自己。

撒紙箔在路上。一小列葬人踏著紙箔在路上。星光照黑了坡崗上孤樹，它尖泣著一如善於裝飾死亡的婦女。白鷺飛進將昇的月的黃弧，域那邊或將有今夜的沼澤。坑在此。願今夜的死亡如鷺鳥今夜的棲息。送葬人環坑而立。我在其中。在路上。在遠方。亦在坑中。在生者與死者之中。

狗的影子領盲乞的影子走過，一串竹片綴成的簾子裡浮著苦味的蓮花落，音調淒遲如黃昏雨。沒有人問過他的生平。白石牌坊前豎過前朝的旗桿。只有那聲音足以點綴承平的寂寞，「嗳，蓮花落來︰落蓮花︰喲︰來到您老爺……富貴︰家……」朝每扇門伏跪著，

蓮花裡開落著春秋，盲乞無珠的眼是兩隻異鄉的酒盞，空盛著無人過問的殘陽。

沒有人愛到遠方去。蜜蜂不愛到遠方去，鴿子們也不。鴿子們飛進雲裡，仍留風鈴聲在牠們餘溫未散的巢中。

「我一輩子從不愛出遠門。」母親說。她順手捏起一隻蜜蜂。「我認得牠，這可憐的缺了一隻腳的小東西——去年在我鞋頭上曬過太陽的。」而風鈴聲繞著梧桐，我喜歡那種夢沉沉的息止的聲音。

炮擊常使大地如搖籃，成人眼中乃躍起嬰兒期迷茫的恐怖。非生。非死。生死在瞑想之外已不足關心。或擷流星於夜，觸迢遙如昨日。或尋春於僅僅一樣崖草以染綠眼瞳。或讀雲。或笑。坐觀時間之墓昇起。存在爲核，包藏於無知，我們實際存在一秒或另一個一秒。啊！我們的神竟睡在鴿翅上，繞旋在另一種原爲生土的遠方。

焚紙箔於坡凹，讓火光醉一醉送葬者的臉。黑裡的火真美，美裡跳動著淒涼。黑漆小柩落下去，靜靜的落入坑中。沒有炯火照亮天邊的雲，我懂得童年雁語於今夕。也是相同往昔的秋天，孤獨的樹哭泣另外十個秋天從它身上落下的葉子。成千成萬的葉子全歸泥土，異鄉人歸泥土。今夜之雲雖非昨夜之雲其仍為雲。孤獨的樹自有它輪轉的春秋……

唱月光野戲的班子慣用月色洗他們臉上的風塵。以今夕風塵洗去昨夜風塵。環形空場上有撒灑民間的傳說的哀淒。異地嗓音酸切切，唱詞一掀，天荒地野。無定河邊歷史的風號，邊塞關頭敲斷人蹤的戍鼓。忽換琴聲送來落難公子，獨聽客夜的雞啼，想富貴榮華全在望不見的燕山的那邊。月朦朧。多少人擊破多少樵樓更鼓？沒有人認真追尋過它的真意，只感受往昔長途上灑落的淒淒。

沿溪種柳去，也撒葵花子在路上。溪向那裡？路往何處？等著大雁帶回消息在邈邈的雲中。柳線牽著春跟著以俱去，葵花盛一盤金燦燦的秋在路旁。維知道流過窗前的人們會不會重回？且撫著西湖十景屏上的雕紋，聽煮物架端蓮子粥的輕吟。階前滴夜的雨裡，歸雁的啼聲是遠的，沒人懂得牠們說些什麼，只能在蓮粥的香甜中嚐出一點兒美麗的憂傷。

柳引向玉門去。我們從望遠鏡中看過祖先們手築的長城的分齒。繪版圖於腳掌。盤古不再是上古的神話。我們是路與溪，我們正走向我們自己。且摒除心中的鍊鎖，以悲慘的驕傲立於東方，因我們將看見新的歷史於我們的血寫在雲上讓下一代人讀它的時候！

沉默在黑夜的環裡。讓我們以跳動著火光的眼對著新墳。我們確認死亡是一扇通向存在的黑門。死者同樣能望得見火光。紙灰逝去而火在生長，它生長像一株透明的活珊瑚而同時它亦在死亡。

打琴賣唱的姑娘穿一身火，一粒沙中的紅塵。她背後竹架上滿懸曲本恁人點唱。古老的月亮的銅盤中，盛過多少人間的離合悲歡？她珠唇流響冷夢於一夕長廊，夢中棲息著她自己手托香腮的春華，並凝望長安車馬。她那樣紅，那樣寂寞的一縷沙中紅塵，在她自己的琴弧上滾去無蹤。

從夢中醒轉，那夜雪光如銀，喚亮窗櫺雕花的黑影。提一把初醒的朦朧，看掛於梧桐清奇枝幹間的夜月連吻流雲。遠處起一聲雞啼。僅僅一聲雞啼，餘下是無邊的靜，茫茫「天下」彷彿聚攏在那一聲雞啼中，到處有春草茁長的微音。流浪人在何處？他們何處？……太陽中的影子，風中的影子，那些貼在人心上的影子，像已去夏日薄暮中盛放於牆陰的那些搖曳白花所化成的黝黯迷離的人臉。

隊伍歇在街廊下面。一街碎雪是一面碎鏡，映照著與它同色的天空。有一扇窗亮著，燈火柔黯幾近蒼黃，窗沿鑲一圈白雪。但它亮上每一張疲倦的臉。有些夥伴們用貪婪的眼飲著它，那窗光確強過濃郁的烈酒。有爐的焰舌在窗光中搖曳，且有孩童的影子落入光中。但窗昇起，以擒星的手也攀不著窗緣。別出聲。別說異鄉於一場戰鬥過去，另一場即將來到的時辰。也別驚開那扇窗子，驚走我們自己曾有過的愛。

這樣的葬禮。有一張臉吐他的故事在火上跳舞。所有的心都跳出來在火上跳舞。死者的心也從墓中跳出來。也在跳舞。在我眼瞳的無池裡響著那些精靈們的腳步。沒有什麼奠酒和香花和其他什麼。也無需什麼奠酒和香花和其它什麼。孤獨的樹落著它的葉子。葉子的雨。歷史的雨。在秋天，在夜，在火光所照亮的一小角空間，我們活著。我們活著舉行我們自己的葬禮以惟有我們自己懂得的感情。

賣字畫的文士光著頭，梳一條前朝的辮子，悄然卸下擔子取出文房四寶當街寫畫。王維在松下，李白在山巔，而月裡沒有長安。文士自寫他沙中的落日和壩橋的楊柳，沒有人收留那些遙遠。一陣風把一幅登幽州台歌掛上長牆邊的樹，它就掛在那裡像斷了線的風箏，在落葉的雨中望它主人的去路……

春殘時，母親說帶我去看駱駝，有個邊地的浪人在鎮上賣那稀奇的牲口。浪人指著那醜又怪的東西，噏動沒牙的嘴，說起他的駱駝在大漠裡威風，引得遠近人們都來圍觀像看一場馬戲。但漠在北方。漠在遠處。這裡只有駱身褪下的殘毛飄如柳絮。沒有人願用賤價買那不合時宜的牲口。鎮上的女巫只肯花一文錢討一把駝毛說那可以治病。浪人笑著如同哭著，瘋瘋傻傻的牽著跛足的駱駝走了，噹啷，噹啷，散一街奇異的鈴聲。

沒有人能在我們呼吸中讀出我們。多少套破爛的衣衫上染有苦難中國的血、汗，沙與草汁。也許有人讀出我們的感覺，但讀不出我們的生活。人們將各讀自己的生活於他們自

己的呼吸。沒有人相信那門哲學——一句粗陋的語言中裝進整個文明世界。一滴眼淚淹沒所有存在的感情。我們是東方的駱駝，以盤古和神農爲草。

但歸泥土。成千成萬的葉子歸泥土。異鄉人歸泥土。火已熄。但它亮過。「我不知他為何去撞那輛車?!」黑裡有人說。沒有人回答。誰能回答?!在童年，也曾見過一個不知道名字的異鄉人飄過我的窗前。冬天。雪落得很醉。很醉。他走雪裡走著。留一路腳印。雪後，有人在曠野上發現一座雪墳。沒有人明白他為何不找一處街廊歇宿?也沒有人明白他想走向何處?

雨夜的訪客

妻撐著油紙傘，穿過盆景夾道的院落去開門，我凝望著一院子秋雨在門燈的光暈裡閃著晶絲。整整一個秋，我們寂寂的小院裡沒印過陌生人的足跡了，因爲我正在從事於一個以推翻眾多迷信的、荒謬的，古老傳說爲主題的長篇的關係，妻總以我的健康不佳爲理由，拒絕一些不必要的造訪。

門開了，進來的是一位素不相識的矮胖微佝的老先生，圓臉、紅面孔、朗亮的大斑頂，大約六十歲左右的樣子，進門時收了傘，站在玄關下面，朝妻微笑著。

「我是文獻委員會的謝組長。」來客自我介紹說：「前幾天，我們接到司馬兄的電話，向我們借一些有關日月潭考古的資料，我們沒有這種資料，特意從南投縣文獻委員會函借兩本有關的資料，親自替他送來的……」

「噢！請進請進。」我搶著走下門階說：「真抱歉，爲這點兒小事，累您親自跑一趟。」

「哈哈哈，」老先生爽笑說：「我們的機關裡沒有工友，同時，我有散步的習慣，尤其在落雨天，我往往走得更遠些。」

無論我如何存心拒絕訪客，像這樣一位熱心熱腸的老先生，我實在沒有理由不陪他多聊一聊，我們坐在客室裡漫談著，窗外的雨聲和壁間的鐘擺聲混和著，構成秋天的雨夜的特有情致。

從短短的談話當中，我知道謝先生不但是我的大同鄉，而且在抗戰初期，做過我們鄰縣的代理縣長，這位老先生雖然在年紀上比我整整大了一倍，但很具有青年人的氣質，尤其對於文學方面的見解，簡直非常新銳。

說起來非常慚愧，我是個個性內向、不善交遊的人，像謝老先生這樣一位老鄉長，和我同住在一個鎮上十多年，我竟然不認識他，真是無法解釋的事情。

「聯合報的許兄常常跟我談起你。」謝老先生說：「聽說你寫稿很勤勞，可惜我沒能常讀你的稿，年紀老了，眼睛差了，字看起來很吃力。」

「是的是的。」我說：「我也只是學著寫點微不足道的小玩意，不值得老先生您費精神去讀。」

「哪裡話，最近有什麼大作嗎？」

我笑了笑，妻在一旁替我回話說：「他最近正在起草一部長篇『大夜班』，是以一個古老的醫院做背景，專門探討鬼狐的。」

「噢?!」謝老先生帶幾分驚異的神情，旋又微笑起來，摸著斑頂說：「這麼一說，那可算是現代的聊齋了……這些年因爲眼睛不好，白話小說看得不多，當年我卻最喜歡讀聊齋的。司馬兄，你也相信鬼狐嗎？」

「這問題很難答覆，」我說：「最低限度，在我這半生當中，我沒有親眼看到過鬼狐，我一向的觀點是：對於我沒曾親見的事物，總懷著存疑的態度。那就是說，也不可不信，也不可全信。」

「那麼，你覺得聊齋這部書如何？」謝老先生燃起一支捏在他手裡很久的煙說：「你會覺得蒲留仙所記下的那些故事全很無稽嗎？」

「我只覺得蒲留仙很會編故事，也很善於用簡明有力的文字傳達故事。」我說：「但我並不只是故事的傳達者，那就是說，我可以寫一部有關鬼狐的作品，但不純然是一個故事，不瞞謝老先生說，我對於傳說很有興趣，也常跟別人探討那些近乎荒謬的鬼狐問題，直到如今，我還是非常的失望，因爲沒有人敢說他親身經歷過那些事，總是說：從別處聽來的。再不然就是聽表哥說的，叔父講的。使我無法作更深一層的探究，我們假如不經過探就就盲目的相信了一件事情，在實際上，那就是一種迷信。」

話就這樣談開了，事先我根本沒想到會有這麼一位雨夜的訪客，跟我談起鬼狐的問題，夜靜靜的，雨瀟瀟的，鐘擺在人頭上滴噠滴噠的跳動著，話題這樣吸引人，竟使我忘記已經是寫稿的時間了。

「當然，你的觀點是很對的。」謝老先生說：「可是假如有那麼一個人，敢對你說：『這件事情是我親身經歷的，我敢面對天下人作證。』你又當如何呢？」

「我已經說過，我還沒遇過這樣一個人。」

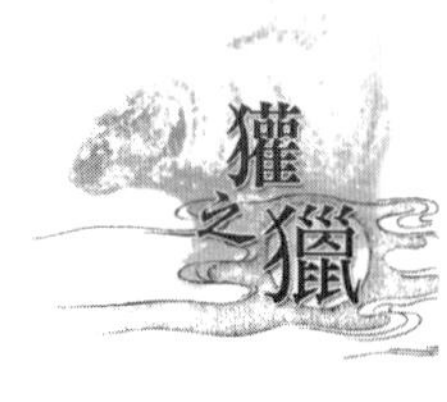

「我是說——『假如』有的話?!」

這回該我爲難了，我沉思說：

「根據心理學，人類通常有誇張、說謊的本能，我想，敢說他親眼見過鬼狐的人，也許是虛無感較重，或者至少具有某一種輕微的精神疾患，促使他不由自主的表現那種本能。當然，我這種想法並非是絕對肯定的。最低限度，他得接受探討，那就是說，他所謂的『親身經歷』，也不一定是絕對的。」

「如果我多坐一會，對你不是一種打擾的話。」謝老先生悠然的彈彈煙灰說：「我倒極願意跟你談一件事，這在我一生當中，可算是唯一的奇遇，正是有關鬼狐的……當然，我雖然是『親身經歷』，可也存有許多疑問，一直沒找到適當的人互相探討。你知道，我雖然年紀大些，我並不迷信，早年我在南方大學唸書的時候，正跟司馬兄你所抱的態度一樣，但是這世界上的確有著許多不可思議的事情，讓你耳聽，讓你眼見，使你無法掌握住一種充份的科學根據去推翻它，我所遭遇到的，正是這種樣的事。」

「妙極了！」我手拍著膝蓋說：「我當然極樂意聽這件事情，我甚至於可以將我們探討的事實寫成小說，我的小說雖然寫不好，但我卻一向不願意憑空架造一個故事。」

「不行不行！」謝老先生擺手說：「要是寫下來，未免太像聊齋了。」

「不！」我說：「本質上、精神上完全不同，蒲留仙寫聊齋，只是記錄下一個故事，而我卻著重於我們之間對於一件在一般人眼中認為是玄幻的事實的探討。」

「對於我來說，它是絕對真實的。」謝老先生說：「如果你把它寫成小說，我願意簽名作證。我在說這件事時，請你相信我是冷靜客觀的，決無誇張說謊的成分在內，我只是說明事實真相，那就是——我親眼見過狐狸的。」

「我也看見過狐狸。」妻說：「在臺北的動物園裡。」

「要是那種草狐，」我說：「我們就不必費這番唇舌了。是罷？謝老？——我想您所見的狐狸，就是北方民間傳說裡靈異的胡仙。」

「我在小時候聽慣了有關胡仙的傳說，說凡是狐狸都是修邪道，習幻術的。」謝老先生滅掉煙蒂，呷了口茶說：「人在那種年紀，聽了那樣逼真的傳說，可真有點兒動容，不是嗎？——

我們鎮頭上，有個裁縫師傅姓耿名叫法五，那時不像現時，誰家要縫衣，照例都請裁縫到家。耿法五做事不拖泥帶水，常為趕縫衣裳打夜活，幹完活，咪壺老酒，軋著成衣袋兒走夜路回家。鎮外多的是大荒墳，鼠狐穴遍地皆是。

耿法五醉呼呼一路歪斜走亂塚，從沒聽他說過『怕』字。日子久了，鎮上就有好事的人問他說：

『耿師傅，你也真夠大膽；單行獨闖走夜路，就沒遇見鬼呀狐呀的嗎？若是遇上了，

我們不信你不怕。』

耿法五笑呀笑的眼一翻，聳聳肩膀攤開手說：

『一正逼三邪，我有什麼好怕的，若說鬼，我姓耿的倒沒看見過；若說狐，我見過不止一回了！——有些修練多年的老狐狸初次變人，頭頂一泡乾牛糞，月亮地裡，蹲在叉路邊攔住人討口封，開口問說：噯！過路的，您看我像人不像人？誰要說：嗯：真像是個人呀！那牠就歡天喜地千恩萬謝的走了。誰要說：嗯：哪像是人呀？那，牠就眼淚汪汪，哭啼啼回去再修練，直至討到口封爲止。——這種老狐我姓耿的沒遇到，不敢打謊。但倒有兩回，我遇到兩隻調皮搗蛋的黃毛小狐狸，也都逗著月亮地，頭頂兩塊牛屎餅兒，夾著尾巴用兩條後腿學著人走路的樣子，一跳一跳走到路旁邊，朝我說：「噯！過路的！看我像人不像人？」我飛起一腳踢掉牠們頭上的牛屎餅，罵說：「你們這兩個又騷又臭的小屁精，連它媽半點人味都沒有，還不趕快替我滾回洞裡去苦修三千年，到我七十二代灰孫子嘴裡再封你們也不晚。」

兩個小東西挨我罵的頭垂氣，扛著尾巴跑了！我怕什麼？』」

「耿法五這個人，我小時候常看見他，」謝老先生說：「那人倒不是愛騙小孩的醉漢。有年冬天，我們家翻皮袍子，請他來家做活，家裡人知道他夜晚做完活愛喝兩盅，特意打了四兩原泡酒替他溫上，耳鍋裡煨著羊肉湯，轉了圈鍋貼兒，留他好吃。誰知他做活只做到拐磨時，太陽還沒落他就急著要走。家裡人說：

『耿師傅，今晚你有事怎麼的？這樣急匆匆就要走？平時你是個出名的爛板凳，不到起更不動身。』

『嗨！』耿法五嘆口氣說：『我實在不想等天黑，那邊的大亂坑難走。』

家裡人笑話說：『這話要出自旁人嘴，也還像話，誰不知你耿師傅膽子大？難道你也怕起鬼狐來了？』

耿法五說：『倒不是怕；只是遇上骯髒事，有些噁心人。——就在上個月十五，我替隆盛醬坊丁老闆縫皮袍兒，初更天回去，路過大亂坑，那時月出不久，一路上清清朗朗的月亮光，亂坑邊有個大水塘，塘邊全是枯茅草，人過彎路口，我就見茅草上立著個黑玩意，黑不隆冬像個人熊，正在那兒學兔子拜月亮呢！

我揉揉眼，停住腳再看，原來是隻大狐狸，專心一意朝著月亮叩頭。我一想，這可不是老狐狸練丹嗎？——早先聽講，說狐狸這玩意兒要想成仙得道，非得練成一粒紅丹不可，聽說是聽說。可不知這究竟這丹是什麼玩意煉的，今夜既遇上，非弄清楚不可！……狐狸拜月拜的癡癡迷迷的，根本不曉得彎路那邊來了個人，我就蹲下身，悄悄的拔起常穿著的鞋子，從成衣袋兒裡掏出一支木尺，躡手躡腳彎了過去。走至切近，突然揮動木尺，發聲喊說：「奉太上老君之命，拏你這個妖狐！」說著劈頭就是一尺，打得那玩意雙手捂

住腦袋，吱吱慘叫著遁走了。

就在那玩意面前的草窩上，留下一隻圓骨隆冬的東西，迷裡馬糊看不清楚是啥東西？我伸腳一撥，嘿，那東西咭哩骨碌就朝水塘裡滾，我彎腰伸手抓起來，我的天，那股惡毒毒的臭味直不能提了，誰聞著，誰就三天吃不下飯去，天喲！狐狸煉丹你們猜是拿什麼煉的——亂坑裡死嬰的頭呀！』」

「哎喲！我的媽。」妻脫口叫說：「甭說那耿裁縫動手抓了，連我這聽話的也忍不住要吐了。」

「這個耿法五的話不一定可靠。」我說：「在風氣閉塞的地方，我們差不多都聽過許多諸如此類的傳說，說鮮，比鮮大王醬油還鮮，說活，比剛網著的鯉魚還活，但我們成年之後，總會發現許多疑點，不是嗎？」

「是的，」謝老先生說。

窗外的雨落得大了，簷溜上嘩嘩水響，有一陣風掃過，把雨絲掃進窗來，妻欠身過去，把那邊的窗子關上，謝老先生在雨聲裡提高嗓子說：

「雖然在當時，我幾乎一度被那些古老的傳說迷住，但等到成年之後，總覺得那些事太過於虛無飄緲了，一直到我親身經歷那回事之前，我根本不信什麼鬼狐。

我有個學醫的老表姓宗，畢了業之後，回到老家開醫院，那時一般人都信中醫的多，我那老表習的是西醫。開醫院租房子，正租到一幢傳說鬧狐鬧得最兇的房子，人勸他說：

『宗醫生，我們曉得您學西醫，講科學不講迷信，但是這房子鬧大仙也是千真萬確，沒有人勸你信大仙，只勸你井水不犯河水，少招惹牠，能換就換租一間房子罷。』

我那老表跟我提到這事。拿當笑話講：

『你說這些人荒謬不荒謬，科學就是科學，迷信就是迷信，這也能在我心上平起平坐的嗎？我不怕誰說我謬，偏租那幢妖屋，看能怎樣！』

我當然贊成他，於是醫院就在那幢老屋裡開設起來了！……

後來他跟我說：『那房子鬧狐是不錯的，除了搬磚弄瓦偷雞吃之外，根本沒見牠們顯什麼靈異。』他又開玩笑說：『狐狸這玩意兒，充其量不過是跟黃鼠狼一票貨，沒什麼大了不得的，說牠會法術，會變化，全是瞎拉瞎扯。』……

有年夏天，他興沖沖的跑來跟我說：

『我告訴你，那玩意偷我養的雞吃，三夜吃了五隻去，叫我設計捉住一隻老傢伙，你去看看怎麼樣？』

我說：『甭高興，你怎知那不是黃鼠狼？』

他說：『你看了就知道了，黃鼠狼的腳是爪子，狐狸的腳印是整的，長得跟人的指甲一模一樣，還會錯得了?!』

我跟他一路到醫院，果真看到一隻偌大的狐狸被拴在藥櫃前面，那隻狐狸一看就知是隻老狐狸，頭尾足有四尺二三寸長，毛色在黃白之間，我們進門之後，牠大模大樣的坐在地上，用牙齒細心的整理牠的指甲呢！

『牠應該是個沒落的貴族。』我的老表說：『你瞧牠當著人前風度多高雅，簡直不像個偷雞的賊！』

我說：『不但是個貴族，她還是個愛風騷的命婦呢！你瞧她修指甲多下功夫！』

『我的醫院開張幾個月，牠是唯一來求醫的。』我的老表說：『牠吃起安眠藥來好像吃糖豆兒似的，我想牠患的是神經衰弱，常常興奮過度，安眠藥對牠無效，我真不知怎樣開藥方兒呢！』

『按照貴族的求醫心理治牠。』我說：『最好的方式，是替牠注射葡萄糖和生理食鹽水，替牠來上一次科學進補！』」

「謝老先生真會拿女人開玩笑。」妻笑得前仰後合，抿著嘴說：「虧您想出那樣的法子來！」

「噢！」謝老先生叫說：「毛病就出在開玩笑上。那時我們年輕氣盛，總想整隻把狐狸沒什麼要緊。……我那老表聽了我的話，就掛起鹽水針來，把那狐狸送上西天去了。我那老表爲了要向人炫耀，表示科學戰勝了迷信，特意扒下狐皮，硝製妥了張掛在壁上當做飾物，同時在狐皮上貼了一張通諭說：『為本宅妖狐作祟，特將此狐依法捕獲，判處死刑，並褫奪狐籍使歸黃鼠狼一類，該狐自知罪孽深重，甘心伏法，已於某日某時，經鹽水針一針畢命，特通諭爾等醜狐，此後倘有搬磚弄瓦，摸狗偷雞之行為，一經本人覺察，決無寬赦，此諭。』……」

「天下竟有這等妙事！」我打斷謝老先生的話頭，鼓掌稱快說：「我想經這一整，該把狐狸整搬了家啦！」

「可惜搬家的不是狐狸，卻是我那揚揚自得的老表！」謝老先生說：「就在整完狐狸第四天，來了一個患膈肢猴的病人要開刀，我那老表替人家先打一針痲藥針，誰知一針下去，那人當場就翹了辮子！憑白的吃上了人命官司。」

「我想，這可能僅僅是一種巧合，不會和狐狸發生什麼關係。」我說：「在世界上，常有若干不相干的偶然的巧合，硬被牽強附會的扯進鬼狐圈裡去，增加了傳說的神秘性，我們不能夠把一個病人的暴斃，硬扯到狐狸頭上去，可不是嗎？」

「我不想在這點上爭論，巧合當然是可能的。」謝老先生說：「同時，這件事情並不是我主要的親身遭遇，我之所以提起它，只是說明我並不是迷信的人罷了。但是，就在這件事情上，使我對於『狐仙』確否存在的問題？動了研究的興趣。當然嘍，狐狸存在已經無可懷疑，但牠是否真能具有法術呢？我剛才所說的那個老表，在殺狐之後不到半個月，

一連醫死了三個人，打人命官司不但把醫院打關了門，同時把鄉間的祖產也變賣精光，一股腦兒貼進去了。結果當然是敗訴，落得『業務上過失致人於死』的判決……『我對這種判決是至死也不甘心的。』我的老表跟我說：『我說給誰聽誰也不會相信！我藥櫃裡所有的藥品，全被狐狸偷換得亂七八糟！有些瓶裝的藥片還能認得出來，有些瓶裝密封的針劑不知被牠們用什麼方法偷換了的，安得不出人命?!』」

「後來我看過那些藥櫃。」謝老先生平靜的說：「差不多的藥品全被換得一塌糊塗。問題的癥結就在這裡，我不能不有限度的承認狐狸確然有些邪門。」

「是的。」我說：「世界上的確有很多不可思議的現象，有待人類作更進一步的探索，如果人類過份倚仗聰明，過早建立起主觀的、武斷的結論，不論是肯定的或是否定的，都可能陷進一種不自覺的錯誤。」

「我覺得聽聽謝老先生談狐狸，遠比聽你那套酸論有興趣。」妻在一旁說：「你可不可以先讓謝老先生講完他的有趣的經驗呢？」

「當然。」我說：「我極樂意聽謝老先生所經歷的事情。」

窗外的雨聲把夜全淋冷了，有那麼一股秋意直襲人心，雨絲裹住的門燈把零落的棕櫚和變葉木的影子剪在玻璃上，彷彿是些靈幻的竊聽者，也要分享點奇異的經歷似的。

「抗戰初起那一年，我在蘇北的沭陽縣政府做科長。」謝老先生說：「那時鬼子打山東，縣政府遷到楊家道口辦公。楊道口西北角有個大村子，當地人稱秦家老圩。秦家是縣裡大戶，家有百頃良田。圩主秦繼澤和我是世交，過從很密切。平常有事沒事，我常騎牲口到老圩裡去走走。

秦繼澤家有座三層大槍樓，新砌也不過四年的樣子，據說砌槍樓原是用來防匪的，因為縣政府靠的近，地方很平靖，秦家就把槍樓門給封了。我去秦繼澤家時，也約略聽說過秦家槍樓不甚乾淨，他家的長工苟四，在月亮地裡看見過一隻黑狐，坐在槍樓頂上朝月亮噓氣。後來我親問過苟四：『你當真看見過黑狐嗎？』

苟四粗聲大氣跳起來說：『嗨！謝先生您這是什麼話?!——旁人我全騙得，難道還敢騙您?!就在上個月月中，一連三夜我全見到牠。頭天夜晚二更天左右，我困在那邊更房裡，半夜想起來撒溺，正巧月亮升至槍樓頂子那邊，把槍樓的黑影送進窗口，正落在我床面前；我爬起床找鞋子趿，就見一隻好大的黑狐狸正咬住我的一隻鞋；我一嚇嚇軟了腿，跌坐在地上；揉眼再看不是真狐狸，只是一隻狐狸的影子。我一想，狐狸定在槍樓頂上了。

我光著腳板逼至窗口朝外看，涼月一汪水似的，那玩意可不是人模人樣的坐在槍樓頂上嗎！——您瞧，槍樓頂上不是有兩盆萬年青嗎?牠就坐在那兩隻盆子中間，正朝著月亮噓氣哩！……依我的性子，真想理平銃槍轟牠一銃，可惜手腳軟癱癱的不聽使喚，後來想

到圩主他吩咐過，無事不准響銃，也就算了。可是心裡總納悶著，想不透那玩意朝月亮噓氣搞的是什麼鬼?!……『明晚我不睡，逼在窗口等你出來，定得瞧個究竟不可！』……

二天夜晚，我真可就逼在窗後等起牠來，噢！初更尾，二更頭，一縷輕煙似的一噝溜，那玩意就現出身來，兩眼綠燄燄的鴿蛋大，恍惚有一星一點的綠火直迸出來。那玩意兒上了樓頂，就朝月亮噓起氣來，這回可叫我看出點奧妙來了！……噓呀噓的牠就沒有了。也不是沒有了，只是牠身子被牠噓出來的氣裹住了，使人看不見牠罷了。……乖乖，這雙黑狐還會隱身法呢。

停了一會，牠身子又現出來，還是人模人樣的坐在那裡。也怪我沒忍住，咳嗽了兩聲，那黑狐噓出一道紫煙，忽然遁走了……第三天，牠竟坐到我床頭樑上，兩眼瞪著我，格格喋喋的朝我笑，嚇的我大被蒙頭，發瘧疾似的抖到天亮……』」

「苟四又叫苟四憨子，老實人不會說假話，我雖心裏疑疑惑惑的不敢相信，也勸他說：『這種事，不必到處傳揚，見怪不怪，其怪自敗，就算槍樓頂上真有狐，你不驚牠，牠不擾你就行了。』……那年秋尾上，我又去秦家老圩，一進門覺氣味不對勁，秦家一家人全冷著個臉，鎖著個眉，好像出了什麼大岔事一般。我就問秦繼澤。——

『噯，我說繼澤，怎麼了?!』

『沒什麼！』秦繼澤沒精打采的：『只是苟四憨子發了點毛病……』

一聽說苟四發了毛病，我心裡就怔了一怔，當時也未便深究——我明曉得苟四人雖憨點兒，倒是身強力壯，從沒生過什麼暗疾的，怎會平白的『發』病呢？……下傍晚我離開秦家圩，秦繼澤硬是要備牲口送送我，倆人剛出大門，就見打麥場上鬧鬨鬨的，圍了一大圈人頭，有人叫說：

『快拎副新牛鐲來！乖傢伙！好大的力！』

我牽著牲口過去問是怎麼回事，有人說是苟四發了瘋！我再走過去，眾人分開一條路，就見苟四精赤著上身，只穿一條短褲，被兩副牛鐲鐲在碾盤的立柱上，根根直豎的短髮上全是泥和血餅，兩眼火燒一樣，紅赤赤的瞪著人，活像一隻剛上鍊子的狗熊。我剛想貼近苟四，叫人一把拉住說：

『動也動不得！謝科長。苟四發瘋後，像有惡鬼附在身上，大睜兩眼不認得人，誰靠他，他就撕誰咬誰！我們七八個人好不容易才降住他，牛鐲鍊子小姆指粗，兩條吃不住他三蹦三掙，硬生生掙斷了一條。』

『放我走！放我走喲！媽喲！秦老圩待不得喲！嗬！嗬！嗬！嗬！』

可憐苟四那種聲音，撕得人心，裂得人肺，哪像是人的聲音。沒奈何，我回頭望望秦繼澤，想他告訴我究竟，秦繼澤反拉著我說：『謝先生，我們走罷！』……倆人出了圩子順路奔東，走了三里地，秦繼澤才開口說話，嘴一咧就像要哭下來的那個樣子，說：

『真不得了啦！謝先生，老圩裡鬧大仙，把人鬧慘了。前兩天，聽說鬼子朝南下，北地亂得很，我叫苟四帶幾個長工打開槍樓門，想把槍樓打掃打掃，萬一住隊伍好用。兩個長工一開門，不知伸頭瞅見了什麼，喊聲哎喲叫聲媽，朝後便倒，口吐白沫說胡話，好像叫邪風掃著似的。我一瞅勢頭不對，趕快把門封上，那時正是大天白日裡，人多膽子大，槍樓附近，嘈嘈嚷嚷圍有幾十口兒看熱鬧，有人拿苟四開心，嘲他膽子小，苟四不願在人跟前充孬作甩，取架長梯來說：

「實跟你們說了罷，一連幾晚上，我全看見狐狸精，鬧的我不敢闔眼，如今白天牠睡覺?!嘿，沒這便宜事，我也要吵得牠睡不安穩！」……苟四憨人也有憨主意，更房裡摘下一面更鑼，連鑼錘一道兒捌在腰眼，順著梯子爬上去，想打上層垛口攀進去響鑼——千真萬確的事，不但我也在場，底下足有上百隻眼睛瞪著他。——苟四爬到垛口邊，正探手取鑼，忽見垛孔裡伸出一隻雪白的手，迎頭使什麼東西敲了苟四的腦袋，苟四吃那一記一敲，啊……的一聲長叫，長的能放風箏，好好的人一軟，就順著長梯滑下來了。——你問什麼東西敲的?就是我們北方女人常穿的紅緞繡花鞋。……苟四那腦袋就不是銅打鐵澆的罷，也不能說連隻繡花鞋也禁不起呀?!滑下來就發了瘋，頭腫得像麻蜂窩，留下一隻不到三寸長的弓鞋印兒，赤紅帶紫，好像火印烙上去一樣。』……

秦繼澤說到這兒，我插問道：『你打算怎麼樣呢?若有用到我的地方，能幫得上忙的，我一定幫忙。』

秦繼澤說：『我只想請您代邀縣長一聲，煩他親自下鄉來一趟，開導開導狐仙。我們秦家一族不是爲富不仁的那種人，也沒存心開罪狐仙，牠這種鬧法兒，委實也太不成話了！』

我說：『這個忙我幫得，單怕夏縣長他鎮不住狐狸精罷了。』

秦繼澤說：『縣官雖不算大，在古時也是朝廷命官，小小的百里侯，我想總能有點用處的，我是病急亂投醫，不妨試試看。』……

我回縣政府後，把秦家老圩鬧狐的話一五一十跟夏縣長一講，夏縣長也是個血氣方剛不信邪的人，就說：

『明天大早，我們倆個就騎牲口動身，我倒要見識見識狐狸這邪玩意兒到底有多大道行，能要出什麼鬼花樣來?!弄起我的火來，我把自衛大隊全部拉下去拆掉那座槍樓，看牠又能把我怎的?!』」

「對不起，我得打個岔。」我說：「謝老您適才講的一番話，也只都是聽苟四、圩裡人和秦繼澤講的不是?這好像還不能算是親身經歷。」

「是的，」謝老先生說：「我在陳述這件事時，一定要保持客觀冷靜，我除了看出苟四發瘋有些蹊蹺之外，其餘都沒看到過，但是後來我見到了。」

「您親見過會變人的狐狸嗎？」妻說。

「沒有。」謝老先生說：「我說話不打謊，看見就說看見，沒看見就說沒看見。——我只是看到一些奇怪的現象。……剛才我說到，我把秦家老圩鬧狐的事告訴夏縣長，二天一早，我們就一起到秦家老圩去。秦繼澤聽到縣長到，一直迎到大門外，苦兮兮的長著臉說：

『好了！青天大老爺來了！昨夜這一夜比一年還長，裡裡外外，鬧的不可開交了！』

夏縣長望望我，苦笑說：

『要講降妖捉怪，頂好去趟龍虎山，把張天師給搬的來！咱們兩個對捉狐狸精，全是街後擺糧扁——外行。咱們是既來之，則安之，跟這種邪皮貨先禮後兵罷。』……說著說著進了秦家大門。

到了頭進院子裡，嗨！怪事就發生了！你注意噢！司馬兄。——秦繼澤一共有三個閨女，大的二的全嫁了人，只有三閨女，那年才十三歲，身子瘦弱，人卻滿聰明，秦繼澤一向恨不得把她含在嘴裡疼，自幼長至三歲，從沒離過圩子，請個當地的老先生在家包讀書。——那天秦家三小姐正在頭進院子裡玩，一見夏縣長到，就咬牙切齒做出怪像來，一個空心筋斗翻有丈把高，落在夏縣長面前，一手叉腰，一手點著夏縣長的鼻子，說的是一口京腔，說：

『姓夏的，休要賣狂，你這個白鼻子官真還不在姑奶奶眼下！識相的，早點替我滾，哪兒來哪兒去，要是不識相，姑奶奶待會兒有你瞧的……』

秦繼澤說：『夏先生、謝先生，您兩位瞧瞧，就算我秦繼澤開罪了牠，我這閨女可沒開罪牠……您兩位先請堂屋坐，我們仔細商量。』」

「我們就越過穿堂朝裡走。秦家的宅子灰沉沉的，古老陰森，膽大的人走進去也會豎汗毛。走到堂屋門前，秦繼澤搶前一步，朝堂屋東廂發話——那意思就是打關照——說：『大仙聽著，人家夏縣長是遠客，只是來跟您談談來的，怎能這樣不顧面子呢?!——倆位請坐，我來倒茶。』我們也只好硬著頭皮坐下來了，秦繼澤端起暖瓶來倒茶——我獨記得那隻四磅的暖瓶是粉紅殼子，上面印有兩朵大紅的牡丹花。

夏縣長呷了兩口茶，咳嗽兩聲，也朝空裡吐話說：

『大仙你聽著，我今天以沭陽縣長的身分，來跟你說幾句話！如今東洋鬼子正打中國，抗戰開始，全國軍民同胞，不分前方後方，全都在浴血苦戰，你這大仙也是中國的大仙，國家興亡，匹夫有責，何況你還是中國的仙家呢?你要是有點民族意識的，就不該爲這點私怨在這裡橫鬧，如今大敵當前，要鬧你找鬼子鬧去，挖他們的糧食，燒他們的營房，那才夠光榮呢！——我知道，偷東西跟放火，是你們的拿手好戲，對不對呢?』

夏縣長說了話，那狐狸也不答理，就聽空房裏傳出『吃吃』的笑聲，帶著卑視和不屑

的味道。

正在這時，一個胖管家氣咻咻的跑過來，上氣不接出氣說：『不好了，不好了！那邊房裏出岔兒了。』胖管家話剛說完，秦繼澤的小腳太太慌慌忙忙的也跑來了，說：

『繼澤繼澤，趕快過西院去——那邊耳房裡放著十四口盛皮件的箱子，我就聽見箱裡一片響，好像誰用剪刀剪布一樣。我急忙開開上層那一口，整箱的皮件全叫剪成條兒了，兩寸寬一條，好像量妥了似的，其他箱子我沒看，怕也兇多吉少。』

『走，我們一道兒過去瞅瞅去，』夏縣長說：『這算高山驢跟羊砍架，拼著老臉揣去。』

我們出了堂屋，進了西跨院，長工們正把耳房的皮箱朝外抬。你聽著，司馬兄！十四口箱子，一口一口全開過，沒有一箱不遭剪的。親眼所見，不由得你不信，箱子全是鎖著的，從哪能伸得進剪子去?!——這就是不可思議……小女孩一跳能跳丈把高，沒出門能說一口京腔，全是不可思議。」

「噢。」我說：「我們不妨暫時假定這種不可思議的事實確然存在，在中國的一些傳說裡，像圓光、關亡、扶乩、湘西的趕屍、封銃、北方的鬼、狐、南方的五通、魔物……等等，若說要人閉起眼大喊反對容易，使人信服卻是萬難。即使確有事實，我們也似乎需要掌握較多的科學證據，我是說，科長，哲學和靈魂學有拜一拜把兄弟的必要；事實上，今天有許多科學家，對於這類事一嗅一聞就武斷的？迷信，這是值得檢討的，過份武斷的信任一面，在本質上就具有迷信氣味了。」

「而文學家往往犯了遲疑的毛病，」妻說：「毛病患久了，就會成個荒謬的神經質的人，像你這號人一樣，一點兒也不實際。——你沒有勇氣一下子就接受事實，即使謝老先生保證他親見的確爲事實。」

「我只是一個懦夫，」我說：「很希望戴上一頂科學的帽子用以抗拒內心常常興起的迷茫的恐懼。像我現在，嘴說不怕不怕，脊骨正在發痲，好像有條毛蟲由下朝上爬哩！後來呢?!」

「後來呢？」妻催促著謝老先生說：「後來怎樣了？」

「後來……」謝老先生笑了一笑：「後來怪事就更多了——開箱子時，秦家族裡有個大閨女嘴快，罵了一句『臭狐狸真是促壽鬼！』嗨！一句沒罵完，那閨女當著人朝下一蹲，手捂著兩條腿，媽喲娘喲直嚷嚷……旁人問：『妳怎麼了？』她說：『我的腿……腿……腿……』有個老孀兒走過去，替她解開褲腳帶兒，血淌得像撒溺似的，遍地紅。我一瞅勢頭不妙了，再待下去臉上掛不住，就扯扯夏縣長，一道兒退出西跨院，回到堂屋，打算拾起帽子走路。——人家看重我們才請了來，狐狸沒鎮得住，反拖累了人家，哪好再留著？

我們剛回堂屋；秦繼澤跟著走進來了，一見我們有要走的意思，就死拖活拽的，非留我們再喝盅茶，他端了暖瓶來添茶，嗨：你知添出來是什麼？——全是臭鬨鬨的大便！」

「真是大便嗎？」我說。

「還假得了！」謝老先生說：「我跟你說過，暖瓶什麼樣子，什麼花式，至今我還記得很清楚！——我跟夏縣長一見越鬧越兇了，簡直就是抱頭鼠竄的逃回縣政府去的，回去之後，夏縣長嘆口氣說：『是非只爲多開口，煩惱皆因強出頭！這檔子事，我實在沒法子再管了！』

我說：『我們做地方官的人，總不能眼睜睜看著秦繼澤叫搞的家破人亡呀？』倆人商議好久，也打不定主意。

就在那天夜晚，初更天，衛兵報告說：『有人來見縣長，說是秦家老圩來的。』那時縣長業已睡了，我就吩咐請他進來。門一開，來的是氣色敗壞的秦繼澤，一見面就說：

『謝先生，就不能提了，天一黑，瓦房頂上到處飛綠火，方磚縫裡到處冒青煙，噓噓噓噓吐氣聲，直如千軍萬馬，這叫怎麼是好？……楊道口東有座關王廟，我想托謝先生您寫張狀子告他一狀，蓋上縣政府的大印，燒在關王爺面前。我想來想去，也只這一個辦法了。』

我說：『你要我幫忙寫狀子，行！若說要蓋大印，這個麼？這得要跟縣長商議才行。——要是傳揚出去，說沭陽縣政府呈文送到閻王廟去告狐狸，怕不笑掉人的大牙？無論如何，我們任公職的人，實在揹不起提倡迷信的罪名呀。』

秦繼澤想了想說：『好罷！您能幫我寫狀子就行，今夜您幫我把狀子寫妥，明天一早我上閻王廟去燒——我不擾您，我在老泰興南貨店等您就是了！』」

「他走後，我在縣政府前廳的二樓上擺開文房四寶，叫衛士泡了盞濃茶，關起房門握筆苦思。……狀子我不知道寫過多少，告狐狸的卻是初次開洋葷。……我抓著筆沉吟好半晌，才寫了個案由。案由！爲妖狐作祟，盤據臣民秦繼澤等家宅。請派天兵天將前往拏歸案由！——我接著案由搖筆，欲落沒落的當口，肩膀上伸過來一隻毛茸茸的手，一把就把筆給拎了過去。

我臉一轉，什麼也沒有！一嚇！心全能叫牠嚇裂掉。我三腳兩步搶到房門口，拔開門閂朝外跑，一邊大聲喊衛士。我問衛士說：『你離開這裡沒有？』衛士說：『從沒離開過，一直站在這兒。』我說：『你看見有人進我房裡來嗎？』衛士說：『我沒看見有什麼人上樓！』我嗯了一聲，伸手抹抹胸口，吐了幾口大氣，轉身進房去，嘿！怪了！我心想，腳下離秦老圩好幾里，我就算寫狀子到閻王廟去告牠，牠也不致那麼通靈呀？

我回到房裡，兩支洋蠟依舊明晃晃的燒著，怪事又出來了——原來那支叫人從我手裡拔走的毛筆，筆直的懸在半虛空裡，我狀子上的案由，已經被牠一筆勾銷掉了；後面添了

兩行字，寫的是：

『如今地方官，全是狗咬鴨子——嘴朝前，賣起狗皮膏藥來，叫人噁心；夏縣長是個良史，千萬不能染上這種惡風陋習。謝某年輕時與胡家作對，餘案未消，姑念平時勤奮，不加深究，現日軍已自徐州南下，朱毛妖兵僅離此八里，佔了馬家溝，縣府將在日內奉命西遷，謝某可在日落前率部等候於秦家圩北叉路口，隨綠火西行，趁夜搶渡，通過日軍封鎖線時，將幫你等一霧。抗戰軍興，萬方多難，希勿以薄懲爲意，總望日後凡事要靠手腳，千萬不要三斤半鴨子二斤半的嘴，當是一等有福的太平官也。胡大姑留。』」

「嘿嘿嘿，」我笑對妻說：「這個狐狸精跟我一樣，耍起筆來是愛玩文白夾雜的！」

「請你相信我，司馬兄。」謝老先生說：「雨落的小些了，我也要告辭了。我不該平白打擾你，白白耽誤了你一晚上寫稿的時間。」

「再抽支煙捲兒。」我說：「你這經歷還沒講完呢！」

「也算完了。」謝老先生站起來拿他的雨傘：「你看，我如今還活在世上，並且能夠對你講這番奇遇，可不是故事的結尾嗎——世上事，總要留點兒讓人回回味，統說盡了，也就令人覺得索然無味了！你寫小說不是這樣嗎？」

他走的時候，雨絲還在門燈的光裡一條條的斜掛著，靜夜裡響著一片輕輕細細的蕭蕭……

借鑑

誰都知道卡特邱是個沒有根底的暴發戶，全靠在商場上投機鑽隙混起來的。因爲在生意上經常要跟國際人士打交道，嫌邱耀祖這個土名字不響亮，特意轉托懂得洋文的朋友，替他取個洋號，表示他這個人是走國際貿易路線的人物，雖不通洋文，多少也沾些洋氣。按照稱呼的慣例，把洋號冠在姓氏之上，說來便成爲卡特邱，聽在耳朵裏，也是蠻響亮的。卡特邱崇洋的心理，算是滿足了。

卡特邱的長處是懂得揣摩社會心理和商場習慣，投機投得準，鑽隙鑽得透，所以事業順遂，無往不利，使他在短短的幾年當中，暴發起來。除了自建一棟商業大廈外，更在近郊營建了一處豪華的住宅。

卡特邱認爲這是必要的，所謂住宅，不僅在於居住，而是在於顯示派頭。就現代社會學的觀點，面子更重於裏子，他若想開拓營業，必得先打入上流社會，搞好人際關係，辦起事來，才能左右逢源，得心應手。而一棟豪華而能擺得排場的宅子，應該算是不可少的本錢。

房子是有了，但卡特邱明白，他本身最缺乏的是學識和修養，對於歷史文化，更茫然無知。平常接觸商場人士，開口閉口不離生意和賠賺，若叫他換個話題，他甭說開口講些什麼，就連聽也聽不出什麼名堂來了。爲了彌補這個缺陷，他越要故示風雅，曲意交納一些素具文化學術修養的人士，多聽多問。雖然只能撈得些一知半解的皮毛之學，但也能在

他的靈活頭腦適時運用下，現買現賣，勉強撐持住他的面子。

按照中國古老的傳統觀念，一個沾些儒氣的高等人物，必須有幾分書卷氣味。所謂琴棋書畫詩酒花，都足以顯示一個人的雅氣。所以卡特邱也想藉這些來裝點自己的面子。他雖然對這些毫無認識，但他總認爲錢能通神，只要肯花錢去買些字畫古董，大加擺設，不難堆出些書香氣味來。

外行加上愛充闊，當然會被人當成呆子吃，卡特邱肯花大錢收買古玩字畫，爲時不久，便被人用假古董騙了好幾回。其實，卡特邱的腦筋非常敏活，天生一張會騙人的嘴巴，能把那些國際商人騙得三葷六素，昏頭轉向。在任何旁的事情上，想騙走他一文錢，都比登天還難；惟獨對於古玩字畫這類的玩意兒，他是擀麵杖吹火——一竅不通。連主觀的欣賞都談不上，更甭說是客觀的鑑賞了。他的腦子裏只有投機營利的邪紋路，沒有真正的文化紋路，一時兩時，哪能懂得鑑賞真僞的學問?!

爲了防止再受騙，卡特邱明白自己既沒有自鑑之能，那只有借重別人的經驗，來它一個借鑑了。……他經過多方面的打聽，當代在鑑賞和收藏方面，誰是具有權威性的人物？有人告訴他，說是在金石方面，某某人最權威；在古玩方面，某某人眼力最高；論字，數某某名流；論畫，具有高度鑑賞力的人更多了，張王李趙等人，都算得上是鑑賞名家，任何古畫，只要經他們過目，真僞立辨，決不至錯買贗品的。

卡特邱知道這情形後，便千方百計的輾轉托人，央請這些專家名流來宅餐敘，並且當面懇托，希望日後能藉他們的經驗和眼力，幫忙他鑑別一部分古董字畫。有些人嫌卡特邱傖俗難耐，略作敷衍就辭退了，也有少數幾位先生，認爲幫這個忙並不費力，便慨然承允下來。

當代名畫家兼鑑賞家趙夢吾，尤其表現得最熱心，願意盡力幫這個忙，這使卡特邱感激得不得了。

有了像趙夢吾這樣權威的人物替他長眼，卡特邱買起古玩字畫更加放心了。不錯，趙夢吾確實幫過他幾次大忙。有一回，一個畫商持來一幅頗有古意的金碧山水，說是唐代李思訓的真跡，索價非常昂貴。卡特邱答應只要是真跡，價錢不成問題，當天他把趙夢吾請到，展開這幅畫來請他過目。

趙夢吾立即指出這是明代仿作的贋品，無論就其用絹的方法，作畫的風格，字跡和印色各方面判斷，贋品和真跡間都有一大段距離，……內行人一開口，便把那畫商說得啞口無言，悄悄的捲起畫來溜走了。

另一回，一個畫商又持來一幅蘭竹條幅，說是石濤的作品，索價不高。卡特邱爲了慎重起見，仍然備了酒菜，把趙夢吾先生請到，即席展卷，請他品評。趙夢吾看了看，問畫商索價若干？

「價錢不算高，」卡特邱說：「他只要一萬五千塊錢。你知道我是睜眼瞎子，不在乎價錢高低，只是又怕買到假的，傳出去落個笑柄。」

「我知道，我知道。」趙夢吾說：「你儘管付錢把它買下來好了，這幅畫真是石濤的，時價該在五萬左右，你能花一萬五買下它，賺錢事小，傳出去，人家便知道你是個識貨的了！」

卡特邱當然是言聽計從，把那幅畫買下了。其實，卡特邱本身對那種墨沉沉的老玩意兒，一點也不喜歡。對於石濤究竟是何許人？生在哪朝哪代？爲什麼他用禿筆胡亂塗抹塗抹就値這許多錢？他更是一概不知。只是聽了趙夢吾的話，就掏錢把它買了。把値錢的字畫張掛在客廳裏，完全爲了充面子。

充面子當然是要花錢的。他想過，如果能把客廳變成小型博物院，那不就顯出邱某人文化氣味十足，夠資格被稱爲上流人物了嗎？

這樣轉眼過了一年多，卡特邱擁有了不少花錢買得的古董字畫。他每回宴請客人，尤其是招待一些腦滿腸肥的商賈之流的人物，飯後必定要引導他們，參觀他搜買來的文化寶物。照著趙夢吾品評的言語，依樣畫葫蘆，像放鞭炮似的，乒乒乓乓的品論一番，使他那些比他更外行的朋友，驚異不止，對他不由不肅然起敬，另眼相看。這樣一來，卡特邱便更心滿意足，甚至在打飽噎的時候，連自己也彷彿嗅著一股濃濃的文化氣味了。

一個在國際人士面前耍得開，同時又具有本民族特有文化氣味的人，放眼商界，能數得出幾個人頭?!我卡特邱應該是少數裏面露尖兒的，裏外兩面光，那還有什麼話說？現在，他更相信用錢能買到更多的東西了。

不過，卡特邱花錢有個大原則，那就是必須要對他個人有利的，他才肯花那筆錢，如果對旁人有利，他就一毛不拔了。在這種社會福利事業方面，卡特邱表現得很猶太，尤其是濟貧，他從沒拿出一筆像樣的款子，他的觀念總認爲濟貧就是用幾文小錢打發叫化子。

有些熱心公益的仕紳，很氣憤不平，難以忍受他這種吝嗇的態度，認真的商議著，用什麼方法能逼暴發的卡特邱拿出錢來?!知道他底細的人，主張先去找趙夢吾，他們認爲卡特邱最相信趙夢吾，也最聽趙夢吾的話，如果能把這位當代名畫家請出來，對卡特邱開句口，卡特邱決不會再推三阻四的不肯拿錢了。

「真會像你們所說的這樣有把握嗎？」有人將信將疑的說：「卡特邱那個人，一向是六親不認的，他只認識他自己。」

「無論如何，趙夢吾是最能影響他的唯一人物，我們不妨試一試。」

他們真的去找趙夢吾了。趙夢吾說：

「我很懂得卡特邱這個人，他肚皮裏沒裝半滴墨水，偏要打扁了頭朝文化圈裏鑽，濫充斯文。他和我套交情，只是要利用我替他品評和鑑識古董字畫，但要讓我去找他，恐怕

光景就大不相同啦！不過，濟貧是一宗好事，我寧願碰鼻，也要把話說到，錢在他口袋裏，他願不願意掏出來，我是毫無把握的。」

趙夢吾扶著拐杖，親自登門拜訪卡特邱，總算衝著他天大的面子，卡特邱勉爲其難的在九牛身上拔下一根毛，硬著頭皮捐出一千塊錢，還一迭連聲大喊下不爲例。他這樣一來，把一向平和的趙夢吾給惹火了，回來之後，用拐杖頭頓著地面說：

「好個卡特邱，吝嗇鬼，勸他出一千塊錢濟貧，他都像挖心割肉一樣！一口一個捨不得，我一定要另想辦法，讓他乖乖的拿出十萬塊來。」

「趙老，你甭說這些動肝火的話了。」有人勸慰趙夢吾說：「你沒想想，要他拿出一千塊錢，都像這樣的難了，十萬塊是一千塊的一百倍，你就是一拐杖敲死他，我敢打賭他也是不肯拿的了！」

「那倒不一定，」趙夢吾認真的說：「想讓卡特邱拿錢並不太難，只是方法問題。方法用對了，他出了錢，不但不會喊，只怕連吭都不會吭一聲呢！諸位若是不相信，就等著瞧好了。」

卡特邱爲了那一千塊錢的濟貧，內心懊惱了好幾天。他當然極不願意得罪趙夢吾這種大大有名的人物，趙夢吾雖然不是百萬豪富，但他的藝術造詣極高，可以說是國內外聞名。當他和國際人士交往的時候，一提到趙夢吾竟然是自己的朋友，自己便頓感身價十倍，顏面有光，這樣一個朋友，說什麼也不能得罪，這一千塊錢只當是請他的客，他這樣一想，才算把懊惱消除了。

由於外間對他吝於贊助社會福利事業嘖有煩言，卡特邱更要從文化這方面多加表現，證明他不願出錢濟貧，只是他個人觀點問題，決不是他小氣吝嗇，在古董字畫這方面，他一向是揮金如土的。——他內心計算過，買字畫的保值性，有時比經營房地產更高。他雖然揮了金，並沒有貼一文錢的老本，說不定是一本萬利。所不同的是：做旁的生意單是計利，而蒐集古董字畫，除了獲利之外，還能博得雅士的聲名。

這一天，有一位在國內很有地位的畫商何先生，特意登門造訪卡特邱來了，他帶一幅用紫檀木劍裝妥的字畫，一進門便說：

「卡特邱先生，我這是替你送寶來了！在國內，像您這樣具有傳統文化素養的企業家，真是鳳毛麟角，數不出第二個人來。這種寶物，也只有您才肯花大錢來買它……您要是錯過收藏它的機會，一定會怪我的。」

高帽子，人人都喜歡戴，莫說是一頂，十頂八頂也不會嫌多，卡特邱自然不會例外，姓何的畫商一進門就這樣的恭維他，卡特邱真的心花怒放，有些飄飄然了。

「是什麼樣的寶？你不妨說給我聽聽！」他說：「要是真有價值，我當然願意收藏它

的。你不妨把它打開來，讓我先過過目，粗看一遍。」

「那當然，那當然。」畫商何先生推動他的金絲邊眼鏡，非常認真又穩重的說：「像這種真正的好貨色，是不怕看的，你儘管請當代名家到場，仔細的品評，嘿嘿，這叫做真金不怕火煉，越煉越見精純。」

「是誰的真跡，使你這樣自豪？」

「是八大山人畫得最有功力，最有氣勢，篇幅最大的一幅山水中堂。」畫商何先生說：「講句不誇張的話；說是八大山人一生當中，最具代表性的作品精華也不爲過。我原想自己買下的，但一來是出售人索價太高，我的資金有限，二來，我極不願對我的老主顧——卡特邱先生您有所僭越，你若是不要，那我就是借貸呢，也要湊錢把它買下來的。我相信國際上有許多博物館，都等著收藏它，也許我用相當收購原價三倍以上的代價，再把它轉售出去，靠它發上一筆可觀的財呢！我這就把它打開來，讓您先看看罷，您看完了再談。」

他說著，小心翼翼的把那隻檀木長匣移到一條長案上，打開匣子，取出黃綾套子套起的卷軸，單是黃綾護套，就有三層之多，最後，他才把卷軸展開。

由於畫商是這樣慎重，仔細還怕不夠仔細，小心唯恐還不夠小心，言語之間，又把這幅畫誇張成天下無雙的珍寶，這使卡特邱的那雙眼，睜得比平常更大了。畫裏的山、水、樹木、飛瀑和雲霧，在他眼裏跟旁的山水畫一樣，他根本不懂，他只看出這幅畫保管得很好，沒經蟲蛀，沒留水跡，也看不出修補的痕跡而已。

畫商何先生站在一邊拉著卷軸上端，耐心的等待著，卡特邱雖然看不懂這幅畫的真僞好壞，但他總習慣的裝出一副鑑賞品評的意味。伸著頭近看，瞇起眼遠看，側著身橫看，昂起臉豎看，再喘出一口氣，彷彿飲進了這幅畫的神髓，心裏有了數的樣子。

「您……您覺得怎樣？我沒說假話罷？」

「好！很好。」卡特邱說：「不過，假如這幅畫如你所形容的那麼珍貴，收藏它的人，爲什麼要把它拿出來，托你轉售呢？」

「哦，這就說來話長了。」畫商何先生說：「這是一位老先生從他家鄉帶出來的，一共有兩幅，另一幅是吳道子畫的墨判，前幾年，在香港以八萬港紙售出的。這一幅，他一直保留著，如今他生了重病，缺少醫藥費用，不得已才用它轉售換錢，除去這個機會，您就是想買也買不著它呢！」

卡特邱被對方說得心動了，點點頭問說：

「開價多少錢？」

「按錢數來講，不算少，按這幅畫的本身價値來講，那可是太便宜了，真是便宜得不像話了——他只要十萬塊錢，再加我的一成佣金，一共十一萬。」

「嗯，不貴，不貴。」卡特邱說：「這個八大山人，最好的畫才賣這個價錢，的確是便宜的。我想這樣罷，你把畫留在這裏，等我仔細再看過。明天上午你來，咱們再做決定，我如果決意收藏，立即開支票給你。」

「這沒有問題。」畫商帶笑說：「雖然您是商業鉅子，十萬塊買一幅畫，究竟不是普通的小事，老實說，您慎重品評是應該的。」

畫商剛一離開，卡特邱立即吩咐司機，開車去接趙夢吾先生來宅聚敘。趙夢吾把這幅畫反覆檢視一遍之後，大大的搖頭說：

「老何不應該，他對畫不是沒有常識的，這幅畫破綻很多，根本不是八大山人的真跡。一萬兩萬買來掛掛還可說，硬敲你十萬，就顯得心太狠了，明天他來，你最好還是退給他罷。我決不勸你花這種冤枉錢去買假畫，誰會嫌錢多脹手疼來著?!」

趙夢吾這樣一說，卡特邱又感激得不得了啦！若沒有這位畫壇的權威人物長眼，自己買下它，可不是白花了十萬塊錢嗎?!……隔天上午，畫商老何一進門，卡特邱就不容分說的把這幅畫給退掉了。畫商老何不服氣的說：

「我敢拍胸脯，以信譽保證，這幅畫絕對是真的，時價應該值到五六十萬以上，您今天不買，過一天被旁人以更高的價錢買了去，您準會後悔的。」

「笑話！我會爲一幅假畫後悔嗎？我也敢打賭，誰出高價買它，誰就是道地的外行，略有鑑賞眼光的人，決不會買它的。」卡特邱胸有成竹的說。

畫商老何仍然不服氣，冷冷的哼了一聲，挾著那幅畫走掉了。

這事過去兩三天，卡特邱也就沒再想它了。忽然，畫商老何搖了一個電話到他辦公室來，劈頭就說：

「我說，卡特邱先生，這回您可弄錯了，那天我送上門的那幅畫，昨天我以十五萬塊錢賣出去了。您知道誰是買主？您說會是不懂鑑賞的外行人?!那便大錯特錯，錯到奧來國去啦，讓我老實告訴您罷，買畫的，就是您的朋友，當代畫壇上最知名的鑑賞家趙夢吾先生，……什麼？您不相信？您到他宅裏看看就曉得了，那幅畫，如今正掛在他的客廳裏呢！」

卡特邱有氣無力的放下聽筒，把臉都氣白了。

「趙夢吾先生，真是太不夠意思了！」他咬牙說：「我把他當成朋友看，處處尊重他的意見，他存心要買那幅畫，硬把真畫當成假畫，勸我放手不買，他卻乘機把它買走了，我這就找他論理去。」

卡特邱坐車趕到趙夢吾家，證實了畫商老何的話不錯，那幅畫真的由趙夢吾買下，張掛在他的客廳裏了。

「我說，夢吾先生，那天我請你看這幅畫，當時您說是假的，勸我把它退掉，您爲何

又加了五萬塊錢，把它買下來，這件事，您怎樣解釋呢？」

「對不起，卡特邱。」趙夢吾說：「當時我是看錯了，回來再想想，又認定它的確是真品，不得不趕過去把它買下來，如果讓它落在別人手裏，即使花再多的錢也買不回它來了。」

「您的意思是？」

「當然囉，畫在我手裏，跟在你手裏是一樣的。」趙夢吾說：「我買進的價錢是十五萬，你若要它，照原價，我只有忍痛割讓，誰叫我們是朋友呢！」

「那真是太不好意思了！」卡特邱喜出望外，感激不盡的說。

「君子不奪人之所好。」趙夢吾倒真豁達，指著那張畫說：「你既真的喜歡它，你就把它取下帶走罷！」

卡特邱開了一張十五萬塊錢的支票，把那幅畫取回去了。由於得來頗費周折，他特意把畫掛在客廳裏，柬邀畫壇上的許多位知名人物來共同欣賞。當然，讓出這幅珍品名畫的趙夢吾，是首先被邀的貴賓。

晚餐後，大家共同來欣賞品評這幅畫時，多數人都搖頭指陳這幅畫有問題，決不是八大山人的真跡，卡特邱卻笑著說：

「諸位恐怕弄錯了罷？你們曉得這幅畫是我向誰買來的？」他轉朝趙夢吾一指說：

「我是向夢吾先生情商，由他割愛，轉讓給我的，經他反覆品評過的畫，難道還會有假嗎？」

卡特邱這樣一說，大家的眼光，都移落到趙夢吾的身上來了。

「我說，夢老，這幅畫真是你買了轉讓給卡特邱的?!旁人可以看走了眼，您卻不該看走了眼的。」一位名畫家梁商言說：「這幅畫明明是贗品，經過做舊的功夫，但很容易看得出來的。」

「算你們有眼光！」趙夢吾哈哈的豪笑起來了：「老實跟你們說罷，這幅畫，是我仿八大山人筆意畫成的，經過做舊，交給畫商老何的，如何不假呢?!」

他說著，掏出一張收據來，放到呆楞著的卡特邱的面前說：

「卡特邱，我們要謝謝你的這餐晚飯。這十五萬塊捐款濟貧的收據，上面寫的是你閣下的名字，這張仿八大山人的畫，算是我白送你的禮物，同時也慶賀你樂善好施，捐款濟貧的義舉……世上事，什麼是真的真？假的假？你只當它是八大山人畫的真跡，也就心平氣和了——如果我不告訴你，那不就是真的了麼？」

他這麼一說，大家全笑著舉杯朝卡特邱祝賀起來了。可憐卡特邱皮笑肉不笑的呆著，一時竟不知如何是好。十五萬該是多少個一千塊錢啊！老天！

卡特邱連老天也叫不出口來了。

國家圖書館出版品預行編目資料

獾之獵／司馬中原著.— 初版 —
臺北市：風雲時代，2007.10
面；　公分

ISBN 978-986-146-411-4 (平裝)

857.7　　96018156

獾之獵

作　　者：司馬中原
出 版 者：風雲時代出版股份有限公司
出 版 所：風雲時代出版股份有限公司
地　　址：105台北市民生東路五段178號7樓之3
網　　址：http：//www.books.com.tw
信　　箱：h7560949@ms15.hinet.net
服務專線：(02)27560949
郵撥帳號：12043291
執行主編：朱墨菲
美術編輯：許芳瑜

法律顧問：永然法律事務所　李永然律師
　　　　　北辰著作權事務所　蕭雄淋律師
版權授權：司馬中原
初版日期：2007年12月

I S B N ：978-986-146-411-4

總 經 銷：成信文化事業股份有限公司
地　　址：台北縣新店市中正路四維巷二弄2號4樓
電　　話：(02)2219-2080

行政院新聞局局版台業字第3595號
營利事業統一編號22759935

定 價：220元